たちどまって考える

ヤマザキマリ

漫画家・文筆家

中公新書ラクレ

はじめに

たちどまった私たち

２０２０年2月10日、私は東京を出発し、レオナルド・ダ・ヴィンチ没後５００年をテーマとしたテレビ番組の取材にミラノへと出かけていました。イタリアには、夫とその家族が住んでいるので、普段から私は日本とイタリアを往復する生活を送っていますが、せっかく隣の州まで来たのだからと、撮影の仕事が終わったら数日間パドヴァにある家へ戻るつもりでいました。ところがその旨を電話で話したところ、夫から「今は来ないほうがいいのではないか」と言われたのです。

「今回の新型コロナウイルスは、自覚がなくても感染している可能性があると聞いているし、横浜には感染者を出したあのクルーズ船（ダイヤモンド・プリンセス号）が停まっていたことや、この時期に飛行機で移動しているのも気に掛かる。僕は教師だから、もし君から感染したウイルスを生徒たちにばらまいたら大変なことになる。だから今はこっちに来ないほうがいいと思うんだよ」と、理由を述べるわけです。

たしかに飛行機の移動中には、天候不良のトラブルのために経由地だったヒースロー空港に行くはずがミュンヘン空港に着陸することになり、そこにヒースロー行きの飛行機が一斉に集結するという、ちょっとしたパニック状態が起きていました。入国審査には長蛇の列ができていましたし、何千という人にまみれて飛行機のチケットを取り直してもいた。まさに密な状態。そのことを夫に報告していました。

「なかには中国からの人も大勢いただろうし、万が一のことを考慮したほうがいい」

中国湖北省の大都市、武漢から発生したとされる新型コロナウイルス。それが原因とされる感染症（COVID－19）の世界的流行、いわゆるパンデミックを世界保健機関（WHO）が認めたのは3月11日でしたが、比較文学の研究者である夫は教員をしていることもあり、いち早くこのウイルスに対して神経質に構えていました。私も仰せの通りだなと、東京の自分の家に戻ることにしたのです。

それから10日ほど経った2月21日、ミラノのあるロンバルディア州のコドーニョという街で、イタリアで最初の新型コロナウイルス感染者が確認されたというニュースを聞きました。ビジネスで中国を訪れていた人とその濃厚接触者です。そして、同じ日に夫が暮らすパドヴァ県内で、イタリア初のCOVID－19による死者が出た。

途端にパドヴァの街は大混乱に陥り、大学をはじめとする教育機関はすべて閉鎖。中国からのフライトも受け入れない措置が取られ、あれよあれよという間に、理由のない外出は罰金の対象となる事態になりました。イタリアの感染者は日ごとに何百、何千単位で増えていき、感染爆発、医療崩壊という言葉が報道に飛び交うようになり、3月10日にはイタリア全土でロックダウン（都市封鎖）が施行されました。

大概、何が起きるかわからない波瀾万丈の人生を歩んできた私です。世のなかは思い通りにならないことのほうが多くて当然だと思って生きていますから、このパンデミックに際しても大きな動揺に苛まれることはほかの方たちよりは少なかったかと思います。それでも、カミュの『ペスト』や小松左京さんの小説などを通して見ていた〝感染症によるパニック〟が、現実のものとして起こりえるんだということをつくづく実感しました。

宇宙から隕石が家に落ちてくるくらいの可能性で考えていたパンデミックというものが、自分の人生のなかでありうることなんだ。何百年に一度ぐらいの頻度でしか起きない、世界規模のパンデミックの時代に、私たちは生きているのか。そんなふうに「地球の一つの現象」として、この新しい事態を客観的に受け止め始めました。

この本では、そのパンデミックを前にした私が、初めてといってもいいくらい長い期間家に閉じこもり、旅にも出ずに歩みを止め、たちどまったことで見えてきた景色について記してみたいと思います。

その景色の先に見えてきたあれこれは、不確実で、不条理な毎日を過ごすことになるかもしれない現在の私たちにとって、きっと支えにもなってくれるはずです。

また歩き始める、その日のために。

目次

第2章　パンデミックとイタリアの事情

本文ＤＴＰ／市川真樹子

たちどまって考える

第1章

たちどまった私と見えてきた世界

リモート用の機材と猫

命さえあれば

中国に続いて感染爆発が起きたイタリアでは、政府の初動も他国に先駆けるものがありました。パンデミック自体は冷静に受け止めていた私ですが、3月8日にイタリア北部で個人の移動が制限される首相令が出て、前月までカーニバルだったヴェネツィアが封鎖されたことには、さすがに驚きました。

世界中から集まっていた観光客たちは皆ヴェネツィアから立ち去らざるを得なくなり、この時期人でごった返しているサン・マルコ広場はほぼ無人状態となりました。

誰もいなくなったのはヴェネツィアだけではなく、フィレンツェのシニョリーア広場も、ミラノのドゥオーモ広場も同じです。普段は多くの人でひしめき合う街の中心部が、見事に容赦なく閉鎖された。レストランやバールなどもすべて閉められ、開いているのは病院と薬局、そしてスーパーマーケットなどの食料品店のみという徹底ぶりです。法の強制力があるとはいえ、普段はてんでんバラバラに好き勝手なことをしているイタリア人たちが、都市封鎖という行動の自由に制限をかける施策に従っていました。

そのイタリアの本気度に驚いたことを夫との電話の際に告げたら、「何を言っているのさ。人の命のほうが優先されるのは当然じゃないか」と即座に返ってきました。「とにかく、命さえあれば復興はできる。歴史もそれを証明している」と答える声に惑いはありません。

なるほど。イタリアではその解釈が通じるかもしれないが、果たして日本はどうなのか。私は夫に、かつてリーマンショックのとき、経済的な困窮を理由にとても多くの日本人が自殺をした事実を告げました。すると夫は「は⁉」と言葉を失いました。

日に何度も電話で話すというイタリアの家族の例に洩れず、私の夫もよく電話をかけてくるので、日本とイタリアに離れている今でも、私たちは日常的に議論を交わしています。この日の一連の夫婦の会話のなかから気づかされたのは、日本とイタリアの倫理観の違いでした。

イタリアは、キリスト教ローマカトリック教会の総本山であるヴァチカンを首都ローマに抱えるお国柄ですが、敬虔な人だけでなく無神論者でさえも、子どもの頃にはカトリックに基づいた倫理を学校で道徳として教えられます。キリスト教という約2000年前に発生した宗教の経典である『聖書』に書かれていることが、彼らの倫理観の礎となっているのです。人の命は神から授かった尊いものであり、自死は決してあってはいけない罪深きことと教えられます。

一方、特定の宗教的拘束のない社会で生きる私たちは、倫理観を一体どこから学んでいるかというと、それは「社会」と「世間体」だと思われます。社会での人々の反応や風潮をにらみつつ「こういうことをするとダメらしい」と抽出されたことが、多くの日本人の倫理観を象って（かたどって）いるのではないでしょうか。

そして、私たちは新型コロナウイルスで亡くなる人と、リーマンショックのときのように職を失って自殺する人と、どちらが多いのだろうかと天秤にかけます。

もちろん自死は日本人にとっても避けるべき選択ですが、キリスト教の倫理や道徳観が沁み込んでいるイタリア人ほどの罪悪感はもっていません。家族や会社のために自分が死んだほうが状況は改善するはずだ、と冷静に考えた上でその選択をする人もいる。でもこれは、私の夫や家族にはおそらく永遠に理解できない心理でしょう。

家族たちと離れ離れになって

イタリアのロックダウンに伴って、私は夫はもちろん、舅、姑、小姑たちをはじめとする〝イタリア家族〟と離れ離れで暮らすことになりました。

夫と長期間離れて暮らしたのは今回が初めてではありません。以前ポルトガルのリスボンに住んでいた頃、シカゴ大学に行くことが決まった夫が先に引っ越して、現地の小学校に通っていた息子と私がリスボンに残ることにしたのです。単身赴任のような状況になった夫は、3、4ヵ月ごとにリスボンに戻ってきていましたが、そんな生活は2年ほど続きました。

今回のパンデミックによる移動制限がいつまで続くか検討もつきませんが、おそらくワクチンか治療薬ができるまで待つか、世界的に感染数が下降傾向になるまで解除されないことを考慮しなければならないでしょう。イタリアは観光産業復興のため、日本人など特定の外国人の入国を許可していますが、それで「感染しない」、「感染を広げない」という保証はどこにもありません。とにかく今は余計なことは考えず、来るべきときを待つしかないと思って過ごしています。

昔は国際電話が1分間100円はして、家族間の連絡を取り合うことからして経済的に大きな負担だった時代がありました。でも今は、その障壁を感じません。インターネットによる動画通話もできますし、離れて暮らしていても、簡単に互いの顔を見ながら話すことができています。

イタリアの家族たちとは、しょっちゅうくだらないことでチャットし合っています。ほかにも、ブラジルやポルトガルにいる友人から「元気?」と声がかかったり、もしかするとコロナ以前より頻繁に、国内外の友人と連絡を取るようになっているかもしれません。

夫婦のコミュニケーションを考えたとき、自宅隔離でずっと家に一緒にこもっていたら、逆にストレスが溜まって大喧嘩になっていたかもしれません。今はそれぞれが自分のスペースで過ごしていますから、「これはこれで良かったよね」と夫に言っているぐらいです。

日本やイタリアに限らず世界で起きていることですが、自粛期間など、夫婦で一緒にいる時間が長くなったことが誘因となり、DV(ドメスティックバイオレンス)が増えたという報道をいくつか見かけました。どんな時代、どんな状況の人にも起こり得たことだと思いますが、おそらく元からあった火種が顕在化したことの一つではないでしょうか。

家庭内のみならず、社会においても同じことが言えると思います。水面下にあった問題が顕在化する現象が、今回のパンデミックにはあります。今まで表に出てこなかったものが、パンデミックによって剝き出しになっているのです。潜在意識下にあったことを爆発させ、表に引っ張り出す。そんな性質をもっているパンデミックだな、と私は見ています。

ちなみに、夫との間では〝オンライン・サプライズ〟というものをやり合っています。これは突然、自分が頼んでないギフトが届くというもの。たとえば先日、スヌーピーのエプロンが届きました。「何これ！」と思ったら、最近頻繁に料理をするようになった私のために、イタリアにいる夫が頼んでいたわけです。

私のほうからは、本当は自分が食べたいけど食べられない、パドヴァの地元のケーキ屋のお菓子とプロセッコ（地元ヴェネト州産の発泡ワイン）を注文して夫に送りました。デリバリーを始めたというその店を助けるつもりもあったのですが、しばらくして夫から、そのギフトを開けて嬉しそうに祝杯をあげている動画が送られてきました。「死ぬほど美味しいよ」と。悔しい。私も食べたい。今度その店に行ったら、死ぬほど食べてやります。

特にサプライズではなかったのですが、「トイレットペーパーが足りなくなった」と夫が言うので、東京にいる私がイタリアのアマゾンで頼んだこともあります。でも数を間違えてしまい、6個入りが20パックも届いたらしい。そのときは、トイレットペーパーがうずたかく積み重ねられた様子の写真が送られてきて、「どういうつもり？　トイレットペーパー屋になれということかい？」と（笑）。

こんなコミュニケーションも今だからこそかもしれませんね。私もスヌーピーは好きですが、エプロンを買うほどではありません。そもそも料理をするときにエプロンをする習慣がない。でも、こういう遠隔プレゼント交換も、こんなことでもない限りあり得ないことだから、と楽しんでいます。

パスタかトイレットペーパーか

トイレットペーパーといえば、自粛期間中、マスクとともに日本全国で手に入りにくくなっていましたよね。

「ヤマザキさん、うちにはとある事情で山のようにトイレットペーパーとマスクがあるので、お送りしますよ」

という親切な友人のおかげで、私は事なきを得ていました。トイレットペーパーは彼女が春先に滞在していたフランスから持ち帰ってきたものですが、マスクはご家族が東日本大震災のときに買い溜めていたものが、倉庫に大量に眠っていたとのことで、それを分けてくれたのです。

切羽詰まったときに「なくなっていちばん困るのは何か」と人は考えるのだと思いますが、日本ではトイレットペーパーやティッシュ、キッチンペーパーなどの紙製品がすぐなくなるのは、面白い現象ですね。

友人からの贈り物

ただ、買い占めという現象自体はイタリアでも起きていたことです。私自身も、1986年、イタリアの留学2年目にチェルノブイリの原発事故があり、その際には一時的にせよ、「スーパーの棚から物がなくなる」という経験をしました。

最初になくなったのはパスタと牛乳。炭水化物とたんぱく源ですね。それから小麦粉類。今回のパンデミックでは、日本でホットケーキの素がなくなったとか。自粛期間中にお子さんのいる家庭などで一緒につくる機会が増えた、いう事情があったようです。

買い占め行為は、人種よりも「ヒト」という種族特有の性質ではないでしょうか。だから、どの国でも事態が差し迫ったときには、他人を蹴り落としてでも、という勢いで買い占めに走る人たちがいる。私たちは同じことを繰り返してきているわけです。

危機を感じたとき、人はどうしても利他性を失います。そして、集団としての力よりも、個人的な力で生き延びようとする力が働く。その後に淘汰(とうた)され、生き延びる力の高い人たちが集まり、次には「群れをなそう」と集団を形成していきます。

トイレットペーパーや小麦粉を入手できるかどうかによって、その生き延びる力がまずスクリーニングされているのかもしれませんね。バカバカしいようでいて、トイレットペーパーにたどり着けた者だけが、群れのなかで生き延びられる強者であることを示せる。トイレットペーパーが、あたかも生存力を測るリトマス試験紙になっている。特に都会において、熾烈(しれつ)なトイレットペーパー競争が生じていたと聞いています。

ちなみに「日本でトイレットペーパーが買い占めによって店頭からなくなった」というニュースを聞いた夫は「洗浄便座がある国で、なぜトイレットペーパーを買い占めるんだ」というツッコミを入れていました。たしかに。このツッコミは実はほかの国の人からもあったのですが、トイレットペーパーが手に入らなければ、洗浄したあとに布で拭くという応急対策があったのかもしれません（笑）。

イタリア家族たちからの疑念

イタリアの親子は別々に暮らしていても、ほぼ毎日と言っていいほど電話で話して声を聞き合い、週に1回は親族で集まってご飯を食べています。そんな家族の習慣が強固なイタリア人からすれば、日本で横行している「オレオレ詐欺」のような手口は信じられないようです。彼らにとっては、子どもの声を間違えるわけはなく、子どもを騙った他人と話の辻褄が合うわけもない。詐欺がつけ込む隙がないのです。

そんなわけで、私もイタリアの家族たちとは離れていても頻繁に話をしているのですが、パンデミックのような共有する問題に向き合ったときには、異なる文化背景をもった者同士として、当然のように軋轢が発生します。

10年ほど前、拙著『テルマエ・ロマエ』（エンターブレイン）の著作権についての私の発言が物議、というか炎上を起こしたことがありました。作品の映画化の際に著作権者が蚊帳（かや）の外のままで契約が進む、という日本の商慣行に対し、疑問を呈したからです。

世間から「モノ言う漫画家」としてバッシングを受けると同時に、日本の漫画業界とはこんなものだと言えば「それはおかしい。原作者としてもっとこの件は突き詰めるべきだ。とことん反論すべきだ」と煽るイタリアの家族の反応との板挟みになって、正直メンタルがボロボロになってしまいました。彼らの著作権者や作家に対する認識と日本の状況が、あまりに違っていたのです。

今回のパンデミックに際しても、日本では当たり前に思っているようなことでもイタリアの家族たちに言うと、「そんなわけはないだろう、おかしい」という反応が返ってくるわけなので、やっぱり苦労することになりました。

イタリアでは、最初の感染者が確認され、すぐに死者が出たあと、大々的にPCR検査が始まりました。疑わしい症状のある人だけでなく、不安な人、受けたい人がすべて受けられる規模での実施です。一斉検査を行うことで母数を増やしていかなければ、陽性率やどんな性格をもったウイルスなのかがわからない、というのが彼らの見解でした。

ところが日本では、一向に検査体制が拡充される気配が見えませんでした。

イタリアを含む欧州の人々にとっては、物事に対して「疑念」をもつことがデフォルトです。何事もまず疑う。それは彼らの文化的な思考力であり、生存のための知恵でもあるのです。ですから私にも、何かにつけて「おかしいと思わないのか」とまず言ってくる。

たとえば、「日本で発表されている感染者数は少なすぎるだろう」と夫が言い出しました。いわく「あのクルーズ船から下船したあと、乗客たちは通常通りにバスや電車に乗って帰ったらしいじゃないか。それで感染が広がらないわけはないだろう」。

そこで私が「報道ではこう言っていた」と、得た情報を基にした発言をすると、「まだ『報道では』とか言っているし。報道はいくらでも真実を隠しているってこと、わかってるはずじゃないか」とさらに訝しく思われる、といった具合です。

彼らから見れば、「近隣国の中国や韓国での感染者数が爆発的に増えているなかで、日本だけ何事もないような平穏な状態とはおかしい」わけです。その結果として出てくる疑念が、「オリンピックを開催するために数字が抑制されているのでは」というものでした。

この意見はイタリアの夫だけでなく、アメリカ人やブラジル人の友人たちからも言われたことです。そしてまた、「来年に延期しても、オリンピックなんてこの状況ではできないんだから、お前がどこかで訴えてやれ」と、私に対して怒りを孕んだ疑念をぶつけてきます。

『テルマエ・ロマエ』問題では「契約のあり方を正せよ」といったものでしたが、パンデミックが始まってからも、私が日本のすべてを代表して請け負わなければいけないかのようなプレッシャーを、イタリアの家族から受けていました。そのようなやりとりのなか、自分で納得したことについては「たとえばイタリアではこうです」などと、比較モデルを世間へ提示するつもりでSNSを通して発信しています。

自分ですべて選んだわけではなかったものの、私は日本とイタリアのほか、夫が仕事をしていたシリア、ポルトガル、アメリカのシカゴと、複数の国で生活した経験があります。香港やブラジル、キューバに長く滞在していたことも。それぞれの場所でそれぞれに違う視点が生まれました。また、異文化で育った人たちと夫婦喧嘩や家族間の討論をしてこそ、見えてくるものだってある。著作権にしろ、パンデミックにしろ、どんな事象であろうと文化に基づく対応の差異を実感する機会は、必然的に多いのです。

体験から得た発見や海外事情を日本で公に発信すると、「海外がいい、っていう目線ばかりでモノを言って。海外がそんなに偉いわけ?」といったネガティブな反応がしばしば返ってきますが、私はイタリアだろうとアメリカだろうと日本だろうと、どこも同じくフラットな目線で見ているつもりで、決して海外至上主義者というわけではありません。

実際、イタリアでの感染者数がうなぎ上りになり始めたときも、一見、人間的で愛情に溢れているイタリアの家族のあり方を危惧しました。高齢者との同居率が低くないあの国で、孫たちは家に帰ってくるとすぐに祖父母にハグをして、キスをする。人としての温かさが表れた習慣ではあるけれど、この状況ではそれが裏目に出てしまうのではないかという予感がありました。

案の定、イタリアでは家庭内感染が著しく増えていきました。「高齢の父親にウイルスをうつして死なせてしまった」と自分の経験を告白し、警鐘を鳴らすイタリア人男性の動画がＹｏｕＴｕｂｅに投稿されていましたが、それをイタリアの家族に共有すると「そんなこと、指摘されても仕方がない」という答えが戻ってくる。比較は無為です。海外だから、日本だからという次元ではなく、地球単位で考えていかなければならない事態が起こっている。そんなことを痛感しています。

日本人のメンタルバリケード

「あり得ない！　絶対に日本は隠蔽している。こんなに感染者数が少ないわけないだろう」

パンデミックが始まって以来、夫は私にそう言ってくるのですが、それには彼なりの根拠があります。日本に来た際、何度か満員電車に乗っているからです。

「あんな過密な状態が放置されているのに、ウイルスが蔓延しないはずがない」

言われてみれば、そうですよね。イタリア人には日本のような満員電車に乗る機会はほとんどないでしょうし、「ギュウギュウになるくらいなら車で行く」とほかの手段を選ぶに違いない。イタリア人には耐えられないものが満員電車だと思います。

以前、姑が同世代のおばちゃんたちとツアーを組んで日本に来たときには、到着して早々「満員電車に乗りたい」と言い出しました。海外のメディアでも日本の満員電車の光景はよく報道されていますから、ぜひ一度どれだけ大変なのか経験してみたい、というわけです。

そこで姑たちを浅草から、わざわざ帰宅ラッシュの時間帯の満員電車に乗せました。乗り込んだはいいけれど、あっという間に揉まれて離れ離れとなり、サラリーマンたちの間で、「アンナー！　どこー？」「ここよー！」などと声を掛け合い、写真まで撮っている始末。おそらく仕事で疲れているであろう、まわりの人たちを顧みないはしゃぎ方が度を過ぎていて、私は知らない人のふりをするしかありませんでした（笑）。

たしかに満員電車のなかで飛沫を飛ばし合っていたら、相当に高い確率でクラスター（感染者集団）が発生するでしょう。「しかし」と私は夫に言い返しました。

「よく考えてごらん。あなたが乗った電車って、誰かしゃべってた？」

「いいや。よくあんなところで黙っていられるなと思った」

「だから、そこなんだよ。しゃべらないのよ。むやみに口を開けないし、ベタベタと誰かに接触もしないのよ」

日本の満員電車では、乗客たちはどこか「近寄らないで、こちらを見ないで」という強い拒絶のオーラを出しているように感じられます。それは精神的なものかもしれませんが、言わばメンタルバリケードのようなものを張りながら、乗っているんじゃないでしょうか。

あくまで推測の域を出ませんが、もしかすると新型コロナウイルスの防御には、少なからずそういったことも効果を発揮しているのかもしれませんね。

人との距離の近いイタリア、遠い日本

イタリアやブラジル、そしてアメリカなどで、新型コロナウイルスはたくさんの人の間に広がっています。その感染率の高さを見るにつけ、人との接触率や会話率が高いところほど、

感染が拡大しやすいのではないかと感じていました。

ほかにも、マスクをする習慣がなかった、普段からこまめに手を洗うというような日本人ほどの潔癖さがない、といったいろんな要素も絡んでいることでしょう。ですが、そういったことを考えあわせてもなお、人と接触することの多い文化圏の人たちに、相性の悪いウイルスだったと言えるでしょう。

イタリア人たちは、恋人や夫婦に限らず、誰とでもくっつきたがる性質があるように思います。うちの義父母や義妹、隣人や友人も私とは頻繁に抱擁を交わしますし、頬にキスもする。触り癖に慣れていない人種には違和感を覚えるところでもあるのですが、17歳から断続的にせよイタリアに長く暮らしてきた私は、その習慣にすっかり慣れてしまい、日本で生活しているときにふと、「おっと気をつけないと」と、人との距離を調整することがあります。

当然、人との距離が近ければこのウイルスはうつりやすくなります。

これも私の推測ではありますが、日本の感染率が他国と比べて本当に抑えられているのだとしたら、人との接触が少ないことや、夫婦間でも不必要にベタベタしない、親子でも頻繁に抱き合ったり頬にキスをしないといった、日本人の常日頃の生活習慣が、少なからず関係しているのではないでしょうか。もっとも、このパンデミックのすべてが終わってからでなければ結論としては言えないことですから、私としては見定めたい点だと思っています。

ただ、イタリアの感染者が日に日に何千人単位で増えていたのを目にすれば、やはり日常生活が大きく絡んでいると思わざるを得ません。

家族の結びつきの強さや人との距離の近さが感染率を上げているとなれば、新型コロナウイルスは、非常にイヤらしいウイルスですね。人とかたく抱き合って仲良くしていると、これ幸いとウイルスは広まっていくわけですから。そして、人間らしいつながりを重視する文化習慣をもつ国の人々に、より大きなダメージを与えているのです。

これは脳科学者の中野信子さんとの対談で共有したことですが、いろんな国の事情を見ていても、多方面に興味が旺盛で、視野を広げたいと考える行動パターンをもつ人のほうが、このウイルスに感染しやすい傾向にあるようです。年間何十回も飛行機に乗って移動し、国内外の様々な文化圏を旅することで知識欲を満たし、あらゆるインプットをし……という生き方を標榜（ひょうぼう）してきた私としても、他人事（ひとごと）とは思えません。

そして、どちらかと言えば保守的で、どこにも行かずに守りに入っている人の行動様式では感染しにくくなっているという傾向もあるらしい。日本の感染者数の少なさと直接結びつけるのは乱暴かもしれませんが、まったく関係のないことではない気がしています。

暮らして見えたイタリアと中国の蜜月

そもそも、頬へのキスのような濃厚接触が挨拶になっているのはイタリアだけではありません。フランスやスペインだって、濃厚接触が生活習慣のなかにあります。なのに、なぜ中国に続いてイタリアが、しかも北部だけ、あれほど急激に感染爆発を起こしたのか。

その状況について、報道を通じて適切な推察や説明をする専門家をなかなか見つけることができず、非常にもどかしい思いをしていました。私はウイルス感染に関しては門外漢ですが、北イタリアに長く住み、飛行機で頻繁に行き来する立場にいる人間として、中国との関係で見えていることがあったからです。

イタリア北部で起きたパンデミックにつながるあれこれは、私がイタリア中部のフィレンツェに留学していた1980年代半ばにはすでに始まっていました。中国国内で鄧小平がリーダーシップを発揮していた時代です。当時、改革開放路線の政策が一気に進み、中国の市場は開放され、そこから海外との貿易が盛んになり始めていましたが、その中国の状況と反比例するように、イタリアの経済は脆弱化していきました。そしてその傾いたイタリアに、海外への進出を狙う中国企業が介入し始めたのです。

私は油絵と美術史の勉強を続ける傍ら、売れない詩人の恋人との生活を立ち回らせようと、商売を始めました。覚えているのは、そのときの取引先がどんどん中国の資本に変わっていったことです。フィレンツェ近郊のプラートは、織物産業や皮革産業で有名なルネサンス時代から続く古都なのですが、そのプラートに仕入れに行くたびに、地元の工場の経営者が中国人に代わっていました。今から約30年近く前です。

その後、私は息子のデルスを出産し、詩人と別れて日本に戻りました。しばらくして夫と出会って結婚し、再びイタリアに戻ってきたときには、イタリア北部にはすっかり中国の影響力が広がっていました。たとえば夫の知り合いのイタリア人が経営する自動車部品工場やセラミック関連の工場は、逆に中国に移転していました。それは中国で製品をつくってイタリアに持ち込んだほうが、コストはずっと安くつくからです。

北イタリアのロンバルディア州、ヴェネト州、エミリア・ロマーニャ州などの6州には、イタリア経済の半分を支えるとされる中小企業や工場が集中しています。その地域にある企業が、こうした流れのなかで中国と密接な関わりを築いていました。そしてイタリアの経済状態が悪化した以上、それは当然の成り行きだと思います。その後も現在に至るまで、中国の存在感が薄まることはなかったですね。

日本からパドヴァの家に戻るとき、私はヴェネツィアのマルコ・ポーロ空港に到着するフライトを選んでいます。日本からの直行便がないので、大抵フランクフルトやパリ、ロンドンといったハブ空港で乗り換えることになりますが、ヴェネツィアに向かう飛行機のビジネスクラスはいつも中国人で占められています。なんでこんなに、と最初こそ驚きましたが、それだけ北イタリアと中国の都市はビジネスの関係が濃厚で、人の往来も頻繁なのです。新型コロナウイルスが世界で初めて認められたとされる武漢も、例外ではありません。

イタリアと中国の浅からぬ関係性は、暮らしのなかで実感することもあります。

たとえば、パドヴァの家で過ごしている間に舅から、「今度の水曜日、僕の友だちの事業主の家でパーティがあるから、マリも一緒に行こう」と誘われて行けば、ビジネス目的で滞在しているという中国人に会うことが珍しくないのです。

実際、パドヴァに近い観光都市であるヴェネツィアでは、カフェやレストランといった飲食店の多くが中国人オーナーになっています。オーナーが中国人だといっても、お店の見た目はイタリア化していますから、街を歩いている分にはほとんどわかりません。なお、イタリア全土には現在約30万人の中国人が暮らし、その大半が北部に集中しているそうです。

ちなみに夫が送ってきた8月のイタリアの新聞記事では、ミラノの住民登録簿において、これまで最も多かったイタリア姓（Rossi）を中国姓（おそらく胡）の数が上回ったと書かれていました。これだけでも、ミラノやロンバルディア州全体にどれだけ中国人が多いか、という現状がうかがえると思います。

さらに遡れば14歳のとき、初めてのヨーロッパ旅行で偶然出会ったマルコじいさん（今の夫であるベッピーノの祖父）の友人で、私も仲良くなったイタリア在住のイギリス人社会学者のおじいさんからも、「そのうち、中国が世界を席巻するほどの経済力をもつ日がくるから、中国語を今から学んでおいたほうがいいぞ」と言われていました。イタリアに来て間もない10代の私にはピンときませんでしたが、彼にはこうなることがわかっていたわけです。

資金繰りに困った工場が中国人に買収され、北イタリアに〝中国の街〟ができ始めた頃、たしかにイタリア人のなかには中国への怨嗟（えんさ）のような感情があったように思います。

しかし、今回のパンデミックに際して驚いたのは、イタリア国内で「中国に出張に行ったイタリア人が帰国後、会食した相手へ最初に感染させた」ことが確認されても、中国に対するネガティブな感情はあまり見られなかったことです。ましてアメリカと中国のように、戦争を仕掛けそうな勢いでの政府同士の中傷合戦もありません。

悪感情がないどころか、医療崩壊が起きたあと、キューバと並んで中国から医療団が送られてきたことに、「いやあ、中国から来てくれて、本当に助かってるよ」とうちの舅からも感謝の声を聞きました。日本でこの話をすると「危ない。イタリアは中国に飲み込まれつつある」と警鐘を鳴らす人もいます。でも実際、今のイタリアは中国に頼らなければ経済が成り立たないし、もうほかに手段がない。そう考えると、現代のパンデミックには経済というものが、いつの時代にもまして密接に関わっていることを実感させられます。

パンデミックが比較して見せたリーダーの姿

今回のパンデミックは、普段では気づかないような事柄を炙(あぶ)りだしているように思います。特に比較文化学的な視点で見てみると、とても面白い。

今ではインターネット上のニュースやSNSを介して、海外の報道や情報も時差なく入手することができますが、各国の対応越しにそれぞれの国の性質が見えてもきました。それはまるで一枚一枚、表面に纏(まと)った衣を剝がされているかのようです。

多くの人がコトの次第、状況の顚末を一緒になってリアルタイムで見ることができるのは、過去のパンデミック、たとえば20世紀初頭のスペイン風邪のときにはなかったことだと思います。その意味でも、目の前で今起きていることがパンデミック後にどうつながるのか、とても興味深く感じています。

各国のリーダーたちの姿も、いつになく浮き彫りになりました。特に演説の雄弁さには歴然とした差が見られます。

欧州のリーダーに必須だとされるのは、自分の言葉で民衆に響く演説ができるかどうかですが、その点において素晴らしかったのが3月18日、ドイツのメルケル首相が国民に対し、新型コロナウイルス対策への理解と協力を呼びかけたテレビ演説です。

テレビの前にいるであろう、一人ひとりの目を見据えているかのように、彼女が落ち着いた面持ちで語ったその言葉は、感染が広がるなか、未知のウイルスに対して不安を抱える人たちが求めていた「安心感」をまさに与えるものでした。その訴求力たるや。ドイツ国民ではない日本の人までもが絶賛し、全文を翻訳したものがＳＮＳで拡散されたほどでした。

おそらくこの演説は、今回のパンデミックの一つの象徴的な事象として、後世にも語り継がれていくことでしょう。虚勢や虚栄の甲冑（かっちゅう）を身に纏う権力者とは違い、謙虚な親族のおばさんという体（てい）のメルケルが「あなた」という二人称を使って、国民に呼びかけたことは印象的でした。「スーパーに毎日立っている皆さん、商品棚に補充してくれている皆さん」と、パンデミック下でも人々の生活を支えて働く人々への感謝を述べていました。

この二人称は、古代ローマ時代からの「弁証」の技術において非常に大事なポイントです。カメラを通していたとしても、「医療に携わってくれているあなた、本当にありがとう」と目線を合わせて言われれば、心に響かない人はいませんよね。

これが原稿の書かれた紙に目を置いたまま、自分の言葉ではない、表面的な表現を連ねて語られたのなら……。聴いている人には何も届かないし、その心は癒やされもしません。

同じく3月の半ばにはフランスのマクロン大統領も、外出に対する厳しい制限を発表した際、「戦争状態」になぞらえて「新型コロナウイルスとの戦いに打ち勝つ」といった意志を強い言葉で演説し、国をまとめようとする姿勢を表明していました。

イタリアのコンテ首相も、国民に結束を呼びかけるテレビ演説を行いました。そのなかで私が秀逸に思ったのは、弁護士出身である彼がまず、法について述べた点です。

「皆さん、イタリアの法律では人の命を何よりも守らなければなりません。だから、私はそれを行使します。これから都市を閉鎖し、経済的に皆さんにご迷惑をおかけするでしょう。しかし、人の命をまず最初に守らなければいけないのです」

経済よりも人の命が優先であることを、カメラ目線で国民に向かって宣言した。普段コンテ首相を非難している人たちも、彼の言葉に「よし、わかった」と納得したわけです。

国が違えば政治体制も文化的な事情も異なりますし、一概に比較するのは難しいことだとは思います。ですが、世界が同じ一つの問題に同じタイミングで向き合っているのを、リアルタイムで見つめる機会もそうありません。だからこそ、私たちはこのパンデミックへの各国のリーダーたちの対応や姿勢を比べてしまうし、また比べることができているのです。

「弁証力」というヨーロッパの教養

たまたま見かけた国際ニュース番組で、アメリカのオバマ前大統領とブッシュ元大統領の補佐官を務めていたという二人が対談をしていました。現職のトランプ大統領の政策を批判する内容でしたが、そこで面白い指摘が展開されていました。

「トランプ氏が大統領として怠っているのは、国民を結束させることと、国民を激励し安心感を与えることへの責任である。そのために言葉をきちんと選んで話す弁証のスキルをもたなければいけないが、彼にはない。パンデミックのような状況は、本来なら指導者が自分の人気を上げるのにいかようにも利用できる好機なのに、もったいないことだ」

大体このような感じです。たしかに、ドイツのメルケル首相の株は、今回のコロナ対策でグンと上がりました。台湾の蔡英文総統も高く評価されています。ひるがえって、我が国、日本はどうでしょうか。〝アベノマスク〟などのコロナ対策の評判は芳しくなく、決然としたリーダーシップを発揮しているようにも見えませんし、むしろがっかりしたという人も少なくないと思います。特に言葉の力という点において、ヨーロッパで見られるように民衆の心に届く演説ができる政治家は、現在の日本にいないのではないでしょうか。

ヨーロッパにおけるリーダーには弁証力が求められます。イタリアに住むなかで私が実感するのは、小さな頃からの学校教育に、その力を育むシステムが組み込まれているということです。

政治家たちがもつ言葉の力。その背景には、弁論力こそ民主主義の軸と捉える古代ギリシャ・ローマから続く教育が揺るぎなく根付いていると感じさせられます。リーダーが民衆に届く言葉を備えられるかどうかは、自分の頭で考えた言葉として、人々に発言できているかどうか。「言わされている」言葉には、人に届くのに必要なエネルギーが発生しません。

世間と、そして自らとしっかり対峙したうえで、国民は今どんな心境で生きているのか、どれだけ辛い思いをしているのか、自らもコロナ禍のなかで生きる一人の市民としての脳で考える姿勢は、政治家にとって不可欠です。

熟考の末に紡ぎ出された言葉は、小手先だけでまとめられた美辞麗句とは説得力のレベルが違います。国民の支持率を上げよう、とりあえず安心させる言葉を選ぼう、という傲(おご)りが滲んだ言葉を並べても、国民の気持ちを摑むことはできないでしょう。

「開かれた民主主義に必要なのは、政治的決断を透明にして説明することと、その行動の根拠を伝え、理解を得ようとすることです」

メルケル首相の演説でも、最初に政治の透明性、国民との知識の共有と協力について述べています。そしてそれらは民主主義が成り立つための「根幹」とも言える要素です。指導者として民主主義の何たるかを国民に自覚させ、「皆さん一人ひとりが意見を言える環境が民主主義なのですよ」という姿勢の確認から話を進めたわけです。

まるでどこかの学校の、立派な校長先生のように説得力のある姿勢とカメラ目線で「皆さん、考えてください」というメッセージを込めて呼びかけられたら、受け取る側は「はい」と思うしかありませんよね。もちろん、そういった演出の効果も計算されているのが、ヨーロッパにおける弁論の力というものです。

言葉の力は「熟考」がもたらす

新型コロナウイルスへの各国の対応を見ていて、民主主義におけるリーダーが発する「責任をもつ」という言葉も考えさせられました。同じ言葉でも、説得力をもって聞こえるときと、やけに軽く意味なく聞こえるときがあったからです。

では、リーダーが責任をもつとはどういうことでしょうか。

まず、政府の方針において優先順位が明確に示されている状況とは、そのリーダーが自分の発言に責任をもっているということだと思います。責任がもてるということは、自分の決断に自信がもてるまで、念入りに考えるということです。

そこまでの熟考に達していれば、反対意見を言われたとしても、「あなたがそういう考えなのはわかった。しかし、これは私が自信をもって述べている発言だ」と、確信を伴って反論することができます。進歩的な考え方を前提とした先進国に相応しい、リーダーの姿だと思います。

ところが、今の日本の政府中枢には責任を避けようとしている人が多いように見えてしまう。たとえば安倍首相は演説の際、言葉を間違えないようにと原稿を慎重に読んでいますが、それでは言葉の説得力というものは感じられませんし、質問などに反論する際にも弁証の冴えというものは発揮できないでしょう。

日本の政治はどうも曖昧で、優先順位がはっきりとは見えません。政治のみならず、社会一般に言えることかもしれませんが、決断を下すべき立場の人たちが責任から逃げよう、逃げようとしているのが今の風潮にも思えます。

パンデミックを機に考えていることなのですが、そもそも、西洋式の民主主義は日本にまだ根付いていないのではないでしょうか。それ以前に、西洋のものをそのまま踏襲したところで、果たして日本に合っているのだろうか。そんな疑問も浮かんでいます。文化的な背景に基づいて、日本における民主主義のあり方をあらためて見つめ直したほうがいいのかもしれませんね。これについては、のちの章でさらに考えたいと思います。

熟考、決断、確信、責任。リーダーに求められるそれらの資質をすべて備えた一つのモデルを探すとなると、紀元前１世紀に生きた共和政ローマの政治家、ガイウス・ユリウス・カエサル（ジュリアス・シーザー）の名が挙がります。

今なお「理想のリーダー」として尊敬されていますが、実際、カエサルは圧倒的なカリスマ性をもつ人でした。とはいえ、借金大王で、女癖も悪かった。現代の倫理観では、「あなた、人としてどうなの？」と言いたくなるような、とんでもない人物でもありました。

しかし、進むのも退くのも破滅するリスクが大きい困難な状況で、「賽（さい）は投げられた」と決断を示しては兵を掌握し、それで勝つほどの強靭（きょうじん）な精神力だった。「何かあればそれは俺の責任だ」と、自分の発言に対して、まさに熟考を重ねた末の確信をもつ人だったのです。

カエサルのような力は、多くの教養を積み、たくさん自分の頭で考えたからこそ育まれてきたのです。社会全体や人々の動向を、一人の人間として捉え、自分が傷つくことにもきちんと向き合っていた。だからこそ、人を説得できる言葉を発することができたと思います。

弁証力、演説の成功の例では、ナチスドイツの総統ヒトラーも当てはまるでしょう。彼の思想がどう歪んでいたにせよ、弱っている人々を魅了する言葉を操る能力が高かったことは間違いありません。当時の民衆をあれだけ巻き込む演説ができたのは、傷つき、屈辱を受け、劣等感をも抱え、あらゆる思いを自分のなかに取り込み、それらの経験を言葉の力として表現できていたからです。

責任を伴った決断ができるかは、どれだけ熟考してきたかという経験値と比例します。それまでの人生でどれだけの本を読んで、多元的に物事を考えてきたか。自分が得意とする分野とは関係のない知識、教養、経験を、どれほど貪欲に積んできたか。

そうした人間の「幅」のようなものをもっていなければ、説得力のある言葉がその人から生まれてはきません。説得力が伴ってこその「責任をもつ」なんだと思います。

ドイツが打ち出した「芸術支援」のメッセージ

ヨーロッパ各地でロックダウンが始まった当初、ドイツの文化大臣はいち早く「芸術家と文化施設の皆さんには安心してほしい」と、フリーランスの芸術家、クリエイターまで対象にした芸術支援の政府方針を表明しました。メルケル首相も5月初旬の演説で、「芸術支援を優先順位リストの最上位に置いている」と強調しています。

コロナ禍での「文化を守る」という政府のメッセージは、舞台やコンサートなどのライブイベントが中止となり、パフォーマンスの場と収入の機会を失ったドイツ国内の関係者たちの不安を、随分と軽くしたのではないでしょうか。

文化というのは人間のゆとりの象徴です。戦争などの暴力がなく、食べる物に満たされて、経済的に豊かであればあるほど、その国の文化は繁栄します。

私は『テルマエ・ロマエ』の舞台を、五賢帝の一人であるハドリアヌス帝の時代に設定しています。それはローマ帝国のテリトリーが歴史上最大に広がっていたのがこの時代で、「パクス・ロマーナ（ローマの平和）」と謳われるほどに豊かだったからです。

豊かで安定した社会だからこそ、日本にタイムスリップした古代ローマ人がシャンプーハットやマッサージのできる椅子などをつくり、公共の浴場で流行らせるといった〝隙間産業〟が許されたわけです。実際にハドリアヌス帝の時代は、ローマに現存するパンテオンなどの建造物や美しいモザイクといった文化的に素晴らしい足跡を残しています。

まさにドイツ政府の芸術支援は、ゆとりの象徴である文化をまず「守り固める」というものだと思います。「経済がうまく回っているからこそ、文化が活性化されている」という状況を可視化する作戦ですね。優れた音楽や文学、そのほかの美しい芸術が生まれ、人々はそれらを目にすることで心を落ち着かせる。文化を保証することで人々に希望を与える。そんな姿勢と意図が、この芸術支援には込められていると思います。

治世者が文化を守り、それを人々に提供することは、古代ギリシャからあったことです。都市国家のポリスが分裂し、戦争が絶え間なくあったとき、どんなに小さい島にも古代劇場があったほど演劇が隆盛していました。それはなぜか。劇場に行って芝居を観ることが、戦禍によって荒（すさ）んだ気持ちを抱えた人々の倫理観や考え方を成熟させる絶好の機会として、十分に機能していたからです。

世の不条理と向き合うことで、募る悲しみや怒りを浄化させる。そういった意味でも、文化に携わるのは大切でした。

その土壌から優れた哲学者や劇作家が育ち、素晴らしい文学作品も生まれました。たとえば、ホメロスの『オデュッセイア』やソフォクレスの『オイディプス王』など、現代を生きる私たちが共感できる普遍性のある古代ギリシャ文学は、今なお読み継がれています。

私は現在オリンピック漫画『オリンピア・キュクロス』（集英社）を連載しています。古代ギリシャの壺絵師・デメトリオスが、昭和から現代にかけての日本にタイムスリップする物語ですが、壺絵にも演劇や文学同様に人間の記録が残されていました。古代のことだから人として遅れている、と捉えるのは大間違いです。人間は時空を超えて人としての価値を生み出してきたことが、古代史を考察しているとはっきりわかってきます。

「文化は衣食が足りてから」、「芸術は経済のあと」と考える人は少なくないのかもしれません。官僚のなかにも、芸術や体育といった教育は必要ないと考えている人もいるようです。しかし文化芸術をないがしろにしていては、文明は熟成しませんし、人はどんどん脆弱になります。

実際、歴史にはその悪しき前例がある。暗黒の中世期です。古代ローマが衰退したあとのヨーロッパですね。同じ時期にアラブ世界で、イスラム教の拡大と同時に経済が循環して市場が豊かになり、イスラム文化が栄えていたのとは対照的です。

パンデミックのもとでも文化芸術を衰退させないというドイツの政策は、人間社会における文化芸術の役割を理解しているものだと思います。

「不要不急」に象徴される日本の曖昧さ

コロナ禍のなかで頻繁に聞くようになった言葉があります。感染拡大を阻止するための行動抑制を促す際に使われる「不要不急」がその一つ。聞くたびに、言葉の意味するところがとても曖昧だなと感じています。何をもって「不要不急」とするのか。どこで線引きをすればいいのかがわからない言葉ではないでしょうか。

たとえば、ノイローゼになりそうなくらい会いたい恋人がいる。その人に会いに行くことは自分にとっては急を要する大切なことだし、不要不急には当てはまらない。そう考える人もいるでしょう。片やイタリアの場合、ロックダウンが発令されたあとは、それまで毎日会っていたような大切な親でも会いに行けなくなっていました。

「行くな」と明確に言わないけれど、「それであんたが感染してもこっちの責任じゃないから、そこんとこよろしく」と、暗にほのめかされているのが日本の対応でした。「強制力をもつ法律が整備されていないから」とも言われますが、曖昧な線引きを見ていると、政府も含めて「組織の側が責任をもちたくない体制なんだな」とあらためて確認する思いです。

基本として「お願い」によって感染を抑制するという日本のコロナ対策は、どこに権力があって、どの組織が責任をもって発言しているかが、やはり曖昧です。その際たるものが「不要不急」という言葉。

万が一感染しても「それはあなたたちの判断で起こったことなのだから、責任はあなたたちにある」と遠回しに言われることになる。感染者が少なくなれば、今度は「皆さん、努力をありがとう」となる。そう。愛しい彼氏に会いに行って感染してしまった人は、努力ができなかった人なのだという論理になります。そうした〝空気による圧力〟による抑制が働くところが、日本らしいと言えるかもしれません。

東京都では、5月25日に政府の緊急事態宣言が解除されたあとに「東京アラート」なるものが独自に掲げられました。その後、感染者が増え始めて「東京アラート」が実際に発令された際には、東京都庁舎やレインボーブリッジが赤くライトアップされていました。

しかし、これなどは何なのか最後までよくわからなかった。「発令された以上、規制でもあるのかしらね」とインターネットで調べたら、「東京アラートとは」「東京アラート　意味」といった検索ワードがすぐに出てきました。同じように疑問に感じ、検索していた人がいかに多かったか、ということの表れじゃないですか（笑）。

ヨーロッパの政治に慣れた目には、やはり意図が曖昧な、幼稚な対策に見えてしまいます。ただしこの「幼稚さ」というのは、欧米人から見た日本人の特性の一つでもあります。それは歴史のなかにも残されています。

安土桃山時代から江戸時代初期にかけて日本を訪れた、アレッサンドロ・ヴァリニャーノというイタリア人宣教師がいます。パドヴァ大学で法学や神学を学んだ経歴をもつ彼は、イエズス会の宣教活動で日本を訪問し、織田信長にも謁見しています。ヴァリニャーノが連れていた黒人の奴隷を信長が気に入り、弥助という名前を与えて臣下として召し抱えた、という逸話もありますが、そのヴァリニャーノは日本人を、純粋な子どもらしさをもった国民として捉えたようです。でもそれは見下していたわけではなく、侵略と支配の歴史の積み重ねによって歪みが発生してしまった社会から来た人たちには、単純に新鮮で、感動的だったのだと思います。

江戸末期に日本にやってきて、開港を迫ったアメリカ海軍提督・ペリーとともに上陸した外国人も、接触した日本人について「ピュアで客人を快く受け入れ、清貧で家のなかに余計なものはなく、古いものを丁寧に使っている」といった内容を書き残しています。

20世紀初頭の日本を撮影した映像をカラーにしたものを「ＮＨＫスペシャル」で見たことがありますが、浅草や銀座などにいる当時の日本人の表情や姿には、年齢を重ねていても、たしかにピュアな天真爛漫(らんまん)さがあり、現代の感覚からすれば、まるで小学生のような印象すら覚えました。

この日本人の幼さは、５００年前から今に至るまで、変わっていないのかもしれません。ただし、西洋式の民主主義をもとにした政治の分野では、その特性がちぐはぐに作用している気がします。「不要不急」「東京アラート」といった曖昧な言葉を掲げるくらいなら、「日本はソフトな集団感染という作戦に出ます」などと明言すればいいと思いますけどね。私たちが経済活動のなかで日々を営んでいる以上、パンデミックによる感染死だけでなく、失職による自殺や飢え死にを迎える危機に直面するかもしれないという現実もあるわけですから。

為政者には、曖昧な言葉よりはっきりと現実を伝えてもらったほうが、私たちの緊張感は高まりますし、自己責任という意識も強くなります。結果としてそのほうが、自主的な危機意識をもった行動がとれるのではないでしょうか。

「とにかく経済より人の命ですから」の成熟

緊急事態宣言が出ていた5月半ば、フリーランスの通訳をしているポルトガルの友人とビデオ通話で話していたら、「うちは2回分入ったよ、休業補償」と彼女が言うではありませんか。なんでも4月と5月に1回ずつ振り込まれたのだとか。

そこで「もしや」と思った私はイタリアにいる義理の弟にも聞いてみました。彼はフリーのグラフィックデザイナーですが、なんと「うちにも入ってる。20万円近かったかな」と。日本ではまだアベノマスクが全国に届ききっていない頃だったと思います。

EUのなかで、経済力に劣る国であるポルトガルは、普段は肩身の狭い立場に追いやられているような印象を覚えます。私自身はリスボンに家族と住んでいたこともあって大好きな国ですが、ヨーロッパでの立ち位置としては謙虚を体現したようなお国柄だと言っていいと思います。そのポルトガルで、早々と休業補償が支払われていた……。

そのことを聞いて、国民が必要としていることを速やかに行動に移せるかどうかで、真の国力がわかり、国威というものが発せられるんだな、とつくづく感じました。ペラペラと口先で言うだけで実行力のない政府より、普段は慎ましさを保ちつつも、必要なときに的確な判断と行動力をもった国は頼りになります。「ポルトガルはそういう面を踏まえれば実は頼り甲斐がある」という話をしながら、友人は安堵していました。

日本でも国民一人につき10万円の特別定額給付金の支給が行われています。しかし、決定するまでの紆余曲折といい、ヨーロッパの国々と比べ、物事が進む速度が明らかに遅かった。こうした危機下における政府の判断と行動力も、今回のパンデミックを通して、あらためて見えたことでした。

日本とヨーロッパの国々を比較すると、その人口規模に差はありますが、日本には他国以上に「石橋を叩く」ことに注力しすぎる傾向があるのではないでしょうか。間違えないように、失敗しないように、バッシングされて炎上しないようにと、ありとあらゆる角度から検証し、十分に確認してからようやく実行する、というような。

そうした姿勢や判断が必要とされるときも、もちろんあります。しかし、パンデミックはそうしている間にも広がっていきます。将棋のように、相手の出方をたっぷり時間をかけてうかがえる状況ではありませんから、ここはズバッと行動に移し、合わなければ調整する、といった実行力があってもいいのではないでしょうか。もし失敗しても、そこから学び、次は同じ間違いをしなければいい。慣れない綱渡りを必死にしている人を見ているようなもどかしさを、日本のコロナ対応には感じています。

パンデミックに際して、人の命を優先するのか、経済を回しながら対応するのか、国によって対応が分かれ、リーダーたちの危機意識にも温度差が生じています。これからも続く課題だと思いますが、感染状況に応じて速やかに舵取りの方向を決めるためには、経験を積むことで成熟する「判断力」が必要とされます。

イタリアがすぐにロックダウンを施行し、「これでいいんです。とにかく経済より人の命ですから」と踏み切ったのにも、イタリアという国が、まず人の命を守らなければ復興につなげられないということを、過去の経験から確信し、国民性を熟知しているからです。それがもしかしたら裏目に出る結果になることも十分考えられますし、実際今のイタリア経済は暗澹（あんたん）としています。でも、これからどうなるかわからない、先の見えない不安のなかで、とりあえず自分たちは見殺しにされないんだ、という安堵は国民の精神面にとって大きな糧となったはずです。

古代ローマ、もっと前の古代ギリシャから民主主義の系譜をつなぎ、そのなかでたくさんの痛い目に遭ってきたヨーロッパと、150年ほど前に今のシステムを取り入れ、経済重視で回していくことが先進国だと信奉してきた日本。同じパンデミックという問題を前にして判断の差異が出るのは当然のことなのかなと感じています。ドイツの支援について先述しましたが、芸術家に対する庇護(ひご)に関しても同じですね。

もちろん日本にも欧米から尊敬されるメンタリティや文化や歴史があります。そのどちらかがいい悪いではなく、自分と関わりのある二つの地域を比較し、俯瞰(ふかん)で分析をすることも大切だと感じています。

望む、望まないとは関係なく、パンデミックという時代を生きることになった私たちは、少したちどまって、これまで見過ごしてきた物事を落ち着いて考え、またじっくりと、それまでとは違った角度からも見つめ直す。そんなタイミングにいるのではないかと思っています。

第2章
パンデミックとイタリアの事情

夫から届いた
オンライン・サプライズ

なぜイタリア人はマスクを嫌うのか

イタリアでは6月3日に国内の移動制限が解除されました。新規感染者の数は抑えられましたが、7月半ばの時点で累計感染者数は24万人を超え、死者数はアメリカ、ブラジル、イギリス、メキシコに続く世界5位となりました。

イタリアでの感染爆発のニュースに、「イタリア人は何かとルーズだから、感染症のこともそれほど深く考えずに暮らしているのでは?」と思った人もいるかもしれませんが、事実はまったくの逆です。彼らは感染症を含む病気に対して神経質な一面をもっていて、夫のベッピーノも「新型コロナは風邪やインフルエンザと同じ程度のもの」という認識が日本でまだあった時期から、このウイルスに危機感を示していました。

日頃から、うちの家族たちは病気全般に慎重です。たとえば「インフルエンザが流行る」

という情報を報道などから知ると、姑はすぐに薬屋に行き、家族分のワクチンを買ってきて、全員にそれを接種させます。イタリアではワクチンは薬局で購入するものであり、自分たちで接種も管理もしなければなりません。子どもに必要なワクチンも同様です。

私の体調に少しでも病気の兆候が見られたりすると、イタリアの家族たちは神経質になります。「軽い風邪だから大丈夫」と本人が主張しても勝手に病院を予約し、無理矢理にでも医者に診せようとする。しかも夫の家族が特別ではなく、私が若い頃に付き合っていた詩人も、ほかの知人や友人も同様で、イタリア人は概して病気へ敏感に対応をする傾向が強い。そもそもホームドクター（かかりつけ医）のいる家が多いことも、関係しているのでしょう。

そうした危機管理意識が根付いているからか、今回の新型ウイルスにも「自分たちの命は自分たちで守っていかなければならない」という感覚が、イタリア家族たちのなかに当初からあったように思います。地方自治体や国といった、大きな組織のリーダーが先導して感染から守ってくれるだろうという希望的な観測は、もっていなかったですね。

日本人との感覚の違いは、マスクの扱いでも感じました。このコロナ以前、ほかの欧米諸国と同じく、イタリアでもマスクは普及していませんでした。わが家のケースで言えば、予防策といえば何よりワクチンがいちばんであり、体の内側から病気をブロックさえすれば、マスクのような表層的な対処は必要ない、というわけです。

ポルトガルで息子のデルスが現地の小学校に通っていた頃のことです。彼が咳をしていたので、マスクをさせて学校に行かせたことがありました。ところが校門をくぐってまもなく、「大げさな疫病が流行っているように見えるから、直ぐに外しなさい」とそばにいた教師に言われたからと、マスクを外して帰ってきたのです。

しかし日本で育った私には、マスクをしないことで自分の風邪やインフルエンザをまわりにうつしてしまうという懸念が強くありました。そこで「マスクをするだけでもそのリスクは結構抑えられるはずなのに、なぜ普及しないのかわからない」という疑問を夫に投げかけてみたところ、夫の答えは「感染しても、それで抗体ができるんだから、いいんだよ」というものでした。

ワクチンの接種と同様に、体の内側に抗体をつくることのほうがマスクよりも意味があるらしい。そういった認識が私のまわりでは当たり前になっていたのですが、それと同時に、イタリアでもマスクが〝大げさな疫病〟を想起させるものだと知りました。

おおよそ100年前、イタリアをはじめとするヨーロッパの国々で、マスクの着用を余儀なくされた時期があります。1918年から20年にかけて世界で推定5000万人以上が亡くなったともいわれ、その大半がヨーロッパの人々だったという「スペイン風邪」のパンデミックです。日本でも40万人近く犠牲になったとされますが、スペイン風邪はまさに、致死率の高い〝大げさな疫病〟だったのです。

現在のイタリアでも、スペイン風邪で親族を亡くした人が家族のなかに一人か二人はいるほど、そのパンデミックの記憶はまだリアルに残っています。身近なところでは、夫の母方の曽祖父も犠牲者ですが、その話はもう何度となく夫の祖母から聞かされたものでした。

当時イタリアで撮影された、とある家族の集合写真では、大人も子どもも全員マスクをつけて並んでいるのですが、その様子は尋常ではない、何か嫌なことが起こっているという不穏さに満ちていました。そのセピア色の写真を見て、マスクが欧州では即座に疫病を思い起こさせることをなんとなく理解できました。

イタリア国内の移動制限が緩和されて間もない頃、ニュースを見ていたら、北イタリアのどこかの海辺にたくさんの人がマスク姿に水着で繰り出している映像が出てきました。そこでインタビューを受けた女性はマスクをつけたまま、こう答えていました。

「海に来てまで本当はマスクなんてしたくありません。解放された気持ちになれないし、こんなもののせいで、自分のあらゆる自由が拘束されている感じがするんです」

自由の拘束。この女性の言葉はとても象徴的です。イタリア人にとってマスクは今や「自分たちの自由な判断では生きられなくなった」というパンデミックの状況を、端的に形象するものになっているのです。夫が「マスクは病気に屈服している感じがするから、つけたくないんだ」と言っていたのも、同じ心情が軸になっていると思います。

それとやはり言語によるコミュニケーションが生活に根付いている彼らにとって、表情を遮るマスクは苛立ちの大きな要因にもなっているのでしょう。口を尖らせたり、ニヤリと笑うことも言語表現には欠かせないツールになっていますから、それがマスクで見えなくされてしまっては、うまく相手に言いたいことを伝えられない、というもどかしさをもたらしているはずです。ただそう考えると、やはり彼らにとって日常の言語の重要度は我々よりもはるかに大きく、それが感染拡大とは全くの無関係だった、と言い切れないとも感じています。

ちなみに、日本のニュース映像では、多くの政治家のマスク姿を見かけるようになりましたが、そのなかでも私がとりわけ気になっていたのは、小池百合子東京都知事です。緑のスーツには薄緑色のマスクを合わせたり、見るたびにお洋服とマスクが絶妙にマッチしている。彼女のマスクを見ているうちに、学校で決められた制服ではあっても、そこにわずかなアレンジを凝らして、自分なりの着こなしを演出していた学生時代をふと思い出しました。あれも、ある種の拘束からの解放だったのかもしれません。

片やファッション的な要素を加えて着用し、片や拘束具として嫌がる。マスク一つをとっても、日本とイタリアの間に感覚の違いがあるようで、興味深いです。

ソーシャルディスタンスが日本の半分？

「ソーシャルディスタンス」という考え方がこのパンデミックによって定着しました。「互いの飛沫がかからないよう、人との距離を2メートル取りましょう」というものです。

ところがイタリアでは、「ソーシャルディスタンスは1メートルで」とされています。おそらく、その距離が彼らにとっての限界ギリギリの線なのだろうと思います。イタリア人たちは、相手の顔を見ながらそば近くでしゃべりたいのです。そうでなければ彼らのコミュニケーションは成立しません。それを精一杯我慢しての〝1メートル〟なわけです。

人との距離を詰めて話したいという気持ちは、電話からも伝わってきます。たとえばうちの姑。彼女から電話がかかってくると、受話器を耳から20センチほど離して聞くようにしないと、鼓膜が破れんばかりの迫力で向こうの声が迫ってくる。このご時世、電話を介していても飛沫感染の危険があるような気がしてしまうほどです。姑同様にイタリアの多くの人にとって、それぐらいの熱量でもって人と話すことが当然なのだと思います。

とはいえ、本人にその自覚はありません。私が家族に指摘しても「日本人の声の音量が抑え気味だからって、そちらに基準を置くな」と言われてしまいます。たしかに、言語や国民性によってしゃべり方や声のボリュームは違いますから、基準なんてない。ただ、今回のパンデミックでは大声で飛沫を飛ばしまくりながらしゃべる国民の国と、基本的に飛沫の飛ばないしゃべり方をする国民の国では、感染率にも差が出たのではないかと勘ぐらずにはいられないのです。

以前、ハンカチで鼻をかみ、それを畳んでポケットに入れ、しかもそのハンカチを人に貸すというイタリア家族たちの習性をエッセー漫画に描いたら、「そんなに私たちのことを不潔扱いしなくてもいいじゃないの！」と、家族からこっぴどく怒られました。

漫画に描いたのは、決して彼らをバカにしてのことではありません。日本人の私たちとは衛生管理の価値観が違うということを言いたかったのです。でもあれほど怒るということは、やっぱり後ろめたいところがあるんじゃないでしょうかね（笑）。おそらく、彼らにも少しは公衆衛生という面で腑に落ちないものがあったから、私の漫画にカチンときたのです。

だって、考えてもみてください。このコロナ禍の最中に同じことをしていたらどうなるか。万が一ウイルスがハンカチについていたら、ポケットの内側がウイルスの巣窟になり、そこから出した手で「チャオ！」と誰かを抱きしめ、肩を組み、ドアノブを握り、お金を触るわけですよ。それによるウイルスの拡散ぶりは想像するだけで恐ろしいものです。

家族に怒られはしましたが、漫画家である私は、一般的な人の何倍も普段から人の動きを何気なく見ています。潜在意識下でどうしてもそうした観察眼のスイッチが入ってしまうのですが、そうやってイタリアや中国、アメリカや中東など、様々な文化圏のいろんな人たちのあらゆる習慣や特徴的な仕草などを見てきました。

ウイルスの感染対策にも、人々の生活を観察する「日常風俗観察知識者」「人類の行動学者」のような専門家を加えるべきじゃないかという気もしますね。ウイルスの専門家が焦点を当てない人間の行動といった側面を知ることで、見えてくるヒントやアイデアが確実にあると思います。

感染症の専門家や歴史の記述を見ても、疫病には第２波、第３波が必ず起きるという指摘がなされています。この状況のなかで今後、イタリア人の人との距離の近さという習慣はどうなっていくのか。たぶん、完全に途絶えることはないでしょう。もちろん「１メートル」

のソーシャルディスタンスのように、何らかの折り合いはつけていくと思いますが、人間の習性は抑えきれるものではありません。イタリア人にとってのハグ（抱擁）など体を触れ合う習慣は、古代から続いてきているわけですから、完全に控えるのは難しい気がしますね。

フラットな目線で観察したならば、至近距離でのコミュニケーションをそのまま貫いて、それでも生き延びた人たちが、ウイルスと共生しながら生きていくことになるのかもしれません。要するに、ウイルスによる人類の淘汰が起きる。ほかの生物の生態を踏まえても、それこそがウイルスの本質的な目的なのではないかという気がしてならないのです。

ローマ帝国を滅ぼした疫病の記憶

イタリアでは子どものときから、教育のなかで疫病について学ぶ機会があります。たとえば中学校の国語の授業では、アレッサンドロ・マンゾーニの歴史小説『いいなづけ』が、必須図書とされています。物語の舞台は、スペインに支配されていた17世紀の北イタリア。そこにはペスト（黒死病）のパンデミックについての描写が綴られています。19世紀のイタリアに生きたマンゾーニは、イタリア通貨がリラだった時代には紙幣に肖像が描かれていたほどとてもポピュラーな作家です。義務教育の段階で誰しもが接するという意味で、日本人にとっての夏目漱石のような存在ですね。

もちろん歴史の授業でも、過去に起きたパンデミックによって社会がどう変わったかということを学びます。古代から現代にかけて、代表的なものがいくつかありますが、古いものであればヨーロッパ世界の礎である古代ローマを襲った「アントニヌスの疫病」でしょうか。紀元165年、マルクス・アウレリウス・アントニヌスが皇帝だった時代に始まったこのパンデミックは、当時彼のお付きのギリシャ人の医者ガレノスが記録した症状からすると、どうやら天然痘だった可能性が高い。また歴史家ギボンは、のちのローマ帝国の脆弱化、衰退の大きなきっかけになったと記述しています。

アントニヌスは五賢帝の最後の一人で、『自省録』という著書が今なお読まれている〝哲学皇帝〟と呼ばれる人物です。映画『グラディエーター』（リドリー・スコット監督）で悪徳皇帝コモドゥスの父として登場したと言えば、思い出す方もいるのではないでしょうか。

映画では息子に殺されるというドラマチックな展開になっていますが、実際は皇帝自身もこの疫病に感染し、亡くなったとされています。そしてこのアントニヌス帝の死によって、非常に優れた頭脳で治世した五賢帝たちの時代は終わりを告げ、彼らが築いたローマの安泰が徐々に崩れていくわけです。

アントニヌスの疫病は、帝国の東側に隣接していたパルティア王国の前線、ユーフラテス川流域にいたローマ軍の兵士にまず感染しました。そして、彼らが帰還したことでローマに持ち込まれた。ローマ市内だけで千万単位の人が死んだとされますが、それだけの人が死ねば経済は停滞します。小麦を輸入するための船は人材不足で動かせなくなり、港も機能せず、パンを焼く人も死に、民衆は餓死の危機にも迫られました。一般市民や商業関係者だけでなく、兵士の数も減り、属州の隅々にまで監視が行き届かなくなります。次第に敵対していた周辺の蛮族らが頻繁に国境を侵し始め、ローマ帝国は大ダメージを受けたのです。

さらに、紀元250年には「キプリアヌスの疫病」と呼ばれる天然痘のパンデミックが発生し、当時の二人の皇帝も感染して死亡。アレキサンドリアでは人口の3分の2が死滅し、ローマ帝国内にはキリスト教を信仰する人々が増えていきます。

キリスト教がローマ帝国の国教になるのはさらに100年以上後のことですが、この疫病のパンデミック前まで、キリスト教は危険な思想をもった過激な新興宗教と見なされていました。アントニヌスの疫病の際にはキリスト教信者への偏見が過熱し、疫病はローマの神々を信じない彼らのせいだと、弾圧まで行われています。しかし、キプリアヌスの疫病の時代になると、火葬される犠牲者のイメージがキリスト教が説く地獄と重なり、信者を増やすきっかけとなったともされています。

イタリアではこのような歴史上の疫病の影響力を、教育課程で学びます。もちろん学校で学ぶことですから、時間の経過とともに多くの人の記憶から忘却されたりもするでしょう。でもいざというときに、「そう言えばたしか……」と思い出す人も少なからずいるわけです。

では、日本の学校で疫病の影響力について特別に学ぶ機会は果たしてあるでしょうか。

歴史学者の磯田道史さんとコロナ関連のテレビ番組でご一緒したときに彼が言っていたのは、「日本の場合、形で見える崩壊でなければ史実として残らない」ということでした。磯田さんの師である経済学者の速水融(あきら)さんによると、1918年に始まったスペイン風邪の流行について、当時の文献にはあまり記述らしいものが見当たらないのだそうです。自分の子どもや家族への感染を懸念した歌人の与謝野晶子が、「人が密集する場所は早くに休業するべきだったのでは」と、感染抑制の必要性を書き残していたぐらいでした。

戦争や震災の災禍は明確な形で見えますが、疫病のような目に見えないものについては言葉として残らない性質が、日本の歴史にあるんですね。言葉で書き記されなければ、その記憶は風化しやすい。そこで得た教訓も、人々のなかに留まりにくくなってしまいます。

西洋美術のなかの「死の舞踏」

ヨーロッパで美術の勉強をする際にも「疫病」はしっかり関わってきます。なかでも14世紀半ばに欧州で猛威を振るい、何千万もの犠牲者を出したペストのパンデミックは美術史においても大きな意味をなす出来事でした。このペストの影響で、当時のヨーロッパの人口の3分の1から3分の2が亡くなったとされていますが、このパンデミックが西洋美術にいったいどのような影響を及ぼしたのか。

主に北部ヨーロッパで顕著だったのが、死神としてペストが描かれるパターンです。人間の行いが悪かったために、天罰としてペストという悪が骸骨の姿で地上に降りてきて、人々を懲らしめているという地獄絵図のような絵画がたくさん残っています。これは1300年代後半から1400年代初頭にかけてヨーロッパに広がった「死の舞踏」と呼ばれる様式で、イタリアやフランスの美術にも見られます。

こうした絵画から読み解かれるのは、「神の教えに忠実に生きない人間は、疫病という『悪』に襲われかねない」という教訓めいたメッセージです。ヨーロッパでは今でも美術館にこれらの作品が展示されていますから、人々はそこで知らず知らずのうちにペストの怖さを視覚的にインプットされていると思います。

それこそイタリアでこの手の美術館に行くと、幼稚園児ぐらいの孫におじいさんが「死の舞踏」を指差しながら、「この死神の意味を教えてあげよう」などと美術の専門家のように語っていたりします。そのように絵画というメディアを介して、疫病への警戒感が世代から世代へと伝わっている。学校教育での文学、歴史、そして美術も含め、イタリアの人たちは比較的多く、疫病について学ぶ機会をもっているんですね。

美術のなかに描かれた疫病という点では、日本と西洋ではその感性に大きな差異があることがそれぞれの絵画から見てとれます。西洋美術では、鎌を振り下ろして人々を懲らしめる骸骨、一方の日本では、自然のなかから湧き出た妖怪のような姿として疫病が描かれている。日本美術における疫病の描かれ方については、さらに第4章でお話ししたいと思います。

暗黒の中世とルネサンスの種火

紀元5世紀、ローマ帝国が東西に分裂し、西ローマ帝国が滅亡するとヨーロッパは中世期を迎えます。文化芸術は文明の熟成を象徴するものですが、その意味で中世はまさに暗黒の時代でした。

パンデミックにより人々の心は脆弱化し、キリスト教への帰依が盛んとなった旨についてはアントニヌスとキプリアヌスの疫病の項目で述べましたが、中世の社会はまさに「宗教」という体裁の、独裁的な政治体制に置き換えられていきます。教会や権力者が宗教的教義という絶対的な価値観を使って「私たちの言うことを聞きなさい」と民衆に迫り、キリスト教以外のことを考えられない脳にしていったからです。

だからこそ、中世のヨーロッパでは殊更に異端や異教ということが叫ばれ、違う考えをもつ人々を魔女狩りや宗教裁判によって弾圧するという極端なことが起きていました。しかし、この暗黒の時代のなかでエネルギーを充塡し、育まれたものが、ルネサンスへとつながっていくことになり、芳醇な文化を花開かせるに至ったわけです。

それも歴史が物語る真実であり、私は今回の新型コロナウイルスのパンデミックでも、未来につながる何かが育っているのではないかと考えています。

ルネサンスの萌芽は、シチリア島など南部イタリアがアラブの侵略によってイスラム文化の影響を受けていた頃に遡ります。ターニングポイントとなるのは、12世紀末に神聖ローマ帝国の王家であるホーエンシュタウフェン家がシチリア王国の王となり、フェデリーコ（神聖ローマ皇帝フリードリヒ２世）という王子が登場したことです。現在のイタリアがある地域を含む当時の西ヨーロッパは、キリスト教とイスラム教が争い、十字軍の遠征が行われていたような時代で、国土は荒廃し、人々は抑圧され、文化的にも不毛でした。

しかしシチリアでは、ホーエンシュタウフェン王朝の前のノルマン王朝の頃から、異教徒でも手先の器用なアラブ人たちを職人に、また知識のあるギリシャ人を建築士に使うといった人材登用が行われていました。パレルモに現存するノルマン王宮にはイスラム宮殿の建築要素が取り入れられており、内部にはアラビア語が書かれていたりもします。それだけ多文化が共生していたシチリアは、中世において非常に稀有な場所だったのです。

そんな土地に生まれ育ったフェデリーコは、まさに時代の寵児（ちょうじ）でした。自分のサロンにアラブ人やギリシャ人を含めた優れた学者や文化人らを集め、アカデミックな文化の拠点をつくります。このサロンが、ルネサンスの最初の種火になったと言われています。

フェデリーコは、最初にイタリア語の口語を使った文学を生み出すきっかけとなった人でもあります。その流れがルネサンスの先鞭をつけたダンテやペトラルカの文学へとつながり、文学方面からも触発を受けたジョットのような革新的な発想をもった画家を生み出していくこととなるのです。

そうした文化的な素地が整い出した最中に、今度は黒死病、つまりペストのパンデミックが起きます。散々なダメージをかぶりつつも非常事態下に置かれた人々のなかに意識改革が動き出し、メディチ家という圧倒的な経済力をもった芸術の保護者の出現に先駆けて、14世紀後半あたりからイタリアで本格的にルネサンスの文化が芽吹きました。

ローマ帝国が滅んでからフェデリーコが出てくるまで700年以上は経っていますから、スパンは決して短くはありません。その間、文化芸術のスキルをもった表現者たちは暗黒と呼ばれる時代のなかで連綿とその命をつなげていたわけです。

政治というものは、単に先進的産業社会や技術の進歩だけを司るものではありません。先述したように、コロナ対策として、ドイツはいち早く芸術家たちへの支援を政策として打ち出しました。社会における文化芸術の重要性をわかっているからこその施策です。

日本では、文化芸術はそれほど重要ではないもの、産業ほどの経済的生産性をもたらさない余剰なものとして扱われる傾向があります。しかし軽んじて足蹴(あしげ)にしていると、その社会は必ず痛いしっぺ返しに遭うでしょう。人類が生き延びるための手段として、栄養不足となった精神領域の充塡はとても大切だ、ということをルネサンスは証明しています。

古代ローマ史並みの、家族のドラマ

学校などでの授業ももちろん大切ですが、歴史の教育においてイタリアで重要な役割を果たしているのが、身近な高齢者の経験談です。たとえば疫病に関して、イタリア人の夫は30代後半ですが、その世代にはスペイン風邪で生命の危機に瀕した人たちの話を直接聞いて育った人が多くいます。疫病の危機感を経験した人の生の言葉は、学校での教育以上に人々に大きなインパクトを与えているかもしれません。

夫の祖母であるアントニアが存命だったとき、第一次世界大戦と、その後蔓延したスペイン風邪の記憶を数え切れないくらい聞かされていました。彼らが住んでいる街バッサーノ・デル・グラッパはアルプス山系の東側、ドロミティ山塊の麓に位置していますが、そこはまさにオーストリア軍との戦いの前線でした。周辺の山々にはいまだにこのときの砲弾跡がクレーターのように残っています。

第二次世界大戦でもこの地は過酷な戦場だったので、アントニアの記憶は時々ごちゃ混ぜになっていましたが、とにかく惨憺たる有り様だったことは、今でもグラッパ山の頂上にある博物館と慰霊施設を見ればしっかり実感できます。

戦時下の1918年頃にスペイン風邪の感染が始まったとされていますが、まさかこれが最終的に5000万人とも1億人とも言われる死者数を出すような疫病とは、当時まだほんの子どもだったアントニアにも想像がつかなかったでしょう。

ただですら戦争で痛めつけられたところに、致死率の高いインフルエンザです。アントニアの父親もこのスペイン風邪で亡くなっています。社会全体が経済的困窮に陥り、ドイツはパリの講和会議で可決した賠償金を抱えて苦渋し、人々は精神的にもすっかり疲弊した。そこに現れたのがアドルフ・ヒトラーという、スキルの高い弁論術をもった一人の男でした。片やイタリアでは、ファシズム政権が支持率を高め、そこにはムッソリーニというこれまたカリスマ性をもった指導者が登場します。それから後の展開は皆さんもご存じの通りです。

アントニアは小柄な女性で、100歳を目前にして亡くなるまで「おばあちゃん、そう言えば第一次世界大戦のときって」と話を振ると、急に意識が覚醒して饒舌になりました。イタリア人は話のうまい人が多いですが、似たような経験をもつ老人たちが集まれば、誰がいちばん酷い目に遭ったか、誰が情報量を多くもっているか、唾を飛ばしながら熱弁の振るい合いへと発展します。

アントニアの夫、マルコじいさんが語る過去の話も相当に濃厚でした。

彼は第二次世界大戦中にインドで捕虜となり、収容所で7年間を過ごしますが、その間に合唱団をつくったり、ロバの調教をしていた、という話を、ものすごく面白い脚色をつけながら語る人でした。母から聞く日本の戦争時代の悲惨さとは違い、イタリア人たちの話は非常にドラマ性があって、ライブ感まである。時々誇張され過ぎて、まわりから「それはないだろ」と突っ込まれるほどですが、家庭内でも社会でも言語力が問われるイタリアには、そんなふうに聴き手を引き込むような話術をもった人が少なくありません。

当然ながら、第一次世界大戦も第二次世界大戦も私が生まれる前のことです。でも、イタリア家族たちのおかげで私は、20世紀前半に北イタリアで起こったことをまるで見てきたことのように語ることができる。それほど歴史上の出来事が、身近な家族の物語として自然と耳に入ってくる環境がイタリアにはあるのです。

終戦とともに起きたスペイン風邪の流行。それによる身内の死。ファシズムやナチズムの台頭。精神的にも経済的にもボロボロになった人たちが、ムッソリーニやヒトラーに傾倒していく様子。ファシズム政権下、若かりしマルコとアントニア夫妻は新天地を目指してイタリアの植民地だったエリトリアに移住し、失敗して戻ってきたところで、第二次世界大戦に突入。そしてマルコは、イギリス軍の捕虜となりインドに7年間抑留……。

イタリアの老人たちの話を聞いていると、映画やドラマといったフィクションの世界以上に、この地球上には波瀾に富んだ人間のドラマがあることを実感させられるのです。

「生き残ってきたDNA」という自信

新型コロナウイルスのパンデミックが始まって以来、イタリアの家族とは電話などで頻繁にやりとりをしていますが、しばらくして舅からはこんな話を聞くようになりました。

「知り合いの〇〇さんとこも倒産しちゃってね。お金を貸してほしいと言われたよ」

「□□さんとこのレストランね、デリバリーを始めたんだよ。これからなるべく積極的にそこで食べるようにしようって、みんなと話してるんだ」

コロナ禍による経済的なダメージが、話題になることが増えています。

しかしそんななかでも、舅には達観したような心持ちを感じさせられるのです。これまでにも今回のような苦しいことは繰り返されてきたのだと、どこか清々しいまでの開き直りというか、悟りがあるような気すらしてきます。

「だけどね、今までだってこういうことは何度もあった。幾度も繰り返されてきたパンデミックを越えてきた人々の末裔（まつえい）がつまり俺たちであり、こうして生き残ってきたＤＮＡがあるかぎり、乗り越えられないわけはないと思うんだよね」

その自信の根拠として引き合いに出されるのが、「過去」です。歴史のなかに記録として残されているもの、また絵画のなかに描き留められているもの、そして家族のなかで語り継がれてきたもの。それらすべてを踏まえたうえで、「生き残っている俺たち」という自信が舅のなかに確立されているのだと思います。

たしかに大砲の弾をくぐり抜け、二つの世界大戦と一つのパンデミックを生き抜いたアントニアおばあさんは、悲惨な目に遭うたびにどん底から這い上がってきた人でした。そんな老人が身内にいると、今回のパンデミックのもたらした様々な非日常についても「むやみに殺されるかもしれない戦争に巻き込まれるよりは全然マシだ」という考えにもなります。

人類という生き物のリアルな姿を知り、どんな性質をもってどんな行動をとるのか。妄想に惑わされないためにも、歴史を学ぶのはとても大切だと思います。イタリアの家族や友人たちが「今までも乗り越えられているわけだから」と楽観的なのは、経験者から生の声で発信される激動の過去によって、心構えのようなものができているからかもしれません。

中国への本音、キューバとのつながり

世界のなかでいち早く北イタリアで感染が爆発した背景には、中国との経済的な関係の深さがあることを先にお話ししました。イタリア人たちがこのことで中国に恨みのような感情を特別抱いている気配はない、と話すと、日本の人は「そんなはずはなかろう」と驚きます。

今のイタリアにとって、中国との経済的な結びつきはなくてはならないものです。また中国にとっても、イタリアはそれなりに重要な取引相手。そうした関係性もあり、イタリアが今回のパンデミックによって医療崩壊に陥ったとき、中国からは医療機器などの提供とともに医療支援団が派遣されていました。

とあるテレビ番組に出演した際、イタリアはもうすでに80年代から中国依存型の経済になっているという話をしたところ、「経済のみならず今回はこうしてウイルスまで持ち込まれて、イタリアの人たちは中国に腹を立てているでしょう」と司会の方に問いただされました。「いや、それが特別腹を立てたりはしていないんですよ」とお答えしたところ、その場の皆さんはポカンとした表情に。

たしかに世界ではアジア人への差別も発生していたし、私もその点はおおいに気になり、イタリアの家族や友人たちに心境を聞いてみました。しかし、彼らは医療団という助っ人を送り込んでくれた中国には感謝こそしていても、誰一人否定的には捉えていませんでした。

その番組の放映後、ＳＮＳなどでは「ヤマザキマリの発言にびっくり仰天だった」「中国がイタリア洗脳に成功してしまった」という投稿が散見されました。

ユーラシア大陸から地中海に突き出た半島、という特異な地理的条件の上にあるイタリアは、紀元前から陸と海を通じて数々の異文化との接触で象(かたど)られてきた国です。

古代ローマ崩壊後、分裂国家になってからも、フランスやイギリスやスペインのように自分たちが他国を侵略してきた経験よりも、されてきた経験のほうが圧倒的に多い土地ですから、経済面での干渉にもメリットがありさえすれば、特別虚勢を張るようにも思えません。彼らには、金銭には変えられない、確固たる歴史と文化へのプライドがあるからかもしれませんね。イタリアが周辺諸国と比べて常に経済的弱点を抱えてきた国であるということも、もちろん大きく影響しているでしょう。

なので、「中国を今失えば、自分たちは野垂れ死にするかもしれない」といったくらいの自覚をしています。そしてそれは、国が存続していくためにはやむを得ない一つの通過地点であることもわかっている。先ほどのパンデミックへの解釈と似たような「繰り返されて乗り越える」的な諦観が感じられます。

ですから、中国に洗脳されたとか、魂を売ってしまったというわけではないのです。世界のセレブリティもよく訪れる風光明媚なコモ湖周辺に立ち並ぶ数々の壮麗な別荘は、今やロシアの金持ちや中国人たちにどんどん買収されていますが、それすら「まあ、いつまでも続くものではない。時代が変わればやがて彼らは去っていくだろう」くらいに捉えています。

イタリアでは社会でも家庭内でも、歴史が引き合いに出される機会がとても多いのです。だから、今だけを見る短絡的な視点から右往左往してパニックを起こすのでなく、「そう言えば、過去に周辺の民族が押し寄せてきた時代もあったな」「経済的なダメージが起きたときは、こういう現象は起こり得るな」と、時の流れや出来事の推移を長い目で見られるのだと思います。

再びアントニヌスの疫病の際のガレノスの記録を見ると、「貧困によって餓死した人が多かった」ということを知ります。そうなれば「感染症による命の危険があるうえに、餓死で死ぬのもよろしくない。ほかの国と諍いを起こしている場合ではない。地球共同体として一緒に治癒を目指さなければ」という見解が、自然に導き出されるのではないでしょうか。

中国に対して腹を立てないことも含め、イタリア人の現実に対する虚栄心や虚勢を取り払った質実な判断力は、古代ローマという大国の興亡、そして他国からの侵略と国家の分裂が繰り返されてきた過去から得た知識を、生き延びるための知恵に変換できているからかもしれません。

そういえば、日本ではあまりニュースにはなりませんでしたが、中国からの医師団が到着した数日後、北イタリアにキューバからも52名の医師団が派遣され、大歓迎を受けました。この医師団はハイチのコレラやアフリカのエボラ出血熱の最前線にも立ってきた医師たちで構成されているのですが、そもそもキューバは先端医療の水準がとても高く、予防医療という側面でも効果的な結果を出している、知られざる医療大国なのです。中国と違い、彼らはソ連崩壊後にかなり深刻な経済的苦境に立たされてきましたが、イタリアから支援を受け続けてきたこともあって、今回このような形での恩返しが実現したと言えるでしょう。

私もフィレンツェでの画学生時代に、大学が企画したボランティア活動で、キューバへサトウキビ刈りに行った経験があります。ベルリンの壁が崩壊した直後の1990年代初頭、キューバは米国による経済制裁や国交断絶に起因した厳しい経済崩壊に陥っていました。

私は物資不足のハバナの小学校に文具を届けがてら、地方の農園で使えなくなった重機の代わりに、手動でサトウキビを刈るという重労働に奉仕したのですが、当時キューバに日本からボランティアに来る人などはいませんでしたから、アジア人ということで現地の人からずっと「おい、ホー・チ・ミンは元気か？」などと声をかけられていました（笑）。

ホームステイ先では配給以外はろくに食べるものもなく、ドルをもっている私が15人家族のために外交官用のスーパーで食材を調達してくるしかない状況でした。そんな一切経済の動かない環境での慎ましい暮らしのなかでも、キューバの医療の基軸がぶれることはありませんでした。

家族に入院中の人がいたので何度か病院へ見舞いに行きましたが、食事こそ簡素ではあっても、医療はソ連仕込みの質実剛健な体制で、お金がないために診療を受けられずに死んでしまう人はいませんでした。

キューバは識字率がほぼ100％と言われるほどの教育環境が整っていますし、医療水準も高いハイスペックな社会主義国として、多くのイタリア人たちに着目されていました。そして私も外国人でありながら、キューバにシンパシーをもった一人だったわけです。そもそもイタリアは西側諸国のなかでも高い共産党支持率を保持していた過去のある国ですから、そのときの影響がいまだに残っているのでしょう。今回、キューバからの医師団が支援に訪れてくれたことを報道していたどの新聞も、中国からの医師団と同様に、大変喜ばしい文面でそのニュースを伝えていました。

医療崩壊と自問自答

今回のパンデミックによって、イタリアは医療崩壊を起こしました。高齢化社会であることや感染者の増加を遅らせる対策を優先しなかったことなど、その理由については様々な角度から分析がされていますが、イタリア人にとっては予測できたことでもあったようです。

かつてイタリアの医療は、そのものの質や国民の健康度、システムの平等性といった指標から世界第2位（2000年、WHO調べ）と評価されるほどの高い水準を誇っていました。ところが失政や世界的な金融危機などを受けて政府は深刻な財政難に陥り、医療費の削減を積極的に行いました。病院の統廃合などを通じて病床数を減らし、早期退職を募っては医療従事者の数も減らした。そこであぶれたイタリアの医師たちは、海外の病院などへ流出していきました。

イタリアはコロナ対策として、引退していた医者や医療関係者2万人の再雇用や、ある程

近所の寺で見かけた不動明王

度履修した医大生や看護学校生たちの早期卒業による就業、といった対応をとったと報道されています。しかし医療スタッフ不足は、そもそも政治が招いた結果だったわけです。

ただし、フィレンツェ留学時代から、事故による怪我などで3回イタリアの病院に入院した私の経験からすれば、当時から医療の現場には余裕がなかったように思います。

3回のうち2回は病床が満員という理由で、病院が廊下に設(しつ)らえたベッドで寝て、点滴や診察もその状態で受けました。27歳で出産したときは、産んで早々「病室が足りないので、できれば早く退院してくれ」と急き立てられたことが忘れられません。医療水準は高かったにもかかわらず、すでに医療費削減が行われていて、医療事業がうまく回っていなかったのです。

そんな経験もあって、今回、初期段階にイタリアがPCR検査を大々的に始めたときから、医療崩壊が起きるであろうことは、私も予測していました。そしてイタリア人同士でも、医療崩壊に対して「大変だ！」と騒ごうものなら、「今更何を言っているんだ。こんなことになるのはわかっていたことだろう」と言い返されるほど、既知の問題でした。

夫とも医療崩壊について話したのですが、「医療費削減を政府が推し進めたとき、俺は『イタリアは本当にバカだ』と思った。でも、考えておくべきだった。医療については『イタリアのあれが悪い、これが悪い』だけで改善することではなかったんだ」と言っていました。そして自分たちの非を一旦責め、認めることで解決の糸口を見た、というようなことを話していました。

こうした自問自答の末に反省し、前へ進める答えへ向かうという思考パターンは、イタリア人たちとの会話でよく感じていることです。

もちろん、日本人にも同じような思考パターンをもつ人は大勢います。しかしイタリア人ほど、会話といったコミュニケーションのなかでそうした思考の流れをたどり、それを生かす機会は多くないのではないでしょうか。問いを気の置けない友だちに限定しがちなのが日本人なら、赤の他人とでも議論を交わしたいイタリア人。そんな感覚が私にはあります。

「バールごっこ」と「誰も寝てはならぬ」

パンデミックをきっかけにあらたに気づかされたことは多々ありますが、イタリア人たちにとって厳格なロックダウンの経験は、さほど動揺させられるようなものではなかったように見えています。コロナ以前の10年ほどの間だけでも、イタリアを含むヨーロッパはシリアやアフリカの国々から押し寄せた難民の受け入れやEU離脱問題など、絶えず大きな課題と向き合ってきた地域ですから。

イタリアの人たちも、昨日と同じ明日が平穏にやってくることを当然と考えている人は少ないんじゃないかと思います。

新型コロナウイルス対策のロックダウンによって、イタリアでは2ヵ月近くにおよぶ自宅隔離が強いられました。外出できるのは食料の買い出しなど最低限のみ。しかも最初の頃は外出理由を記した許可申請書を持ち歩かなければなりませんでした。夫はその間、窓ガラスを割られていた車を見かけたと言っていましたが、少なくとも彼が暮らすヴェネト州では、外出禁止を起因とした大きな犯罪や暴動はなく、人々は厳しい行動制限を守っていました。

それでもロックダウン中、メンタル面の問題はあったようです。毎日あらゆる人々とコミュニケーションをとるのが大好きな国民ですから、直に話せるのは身近な家族だけ、という限定的な人間関係に耐えられず、鬱症状や精神的なパニックを起こした人が増えたらしい。一方で動画サイトやSNSなどでは、彼らが自宅隔離をどんなふうに過ごしているか垣間見られるものも、多数投稿されていました。

たとえば「もう我慢できない！　カフェを飲みにバールに行く！」とジャケットを着込んで出ていく熟年男性の動画。玄関を出て本当にバールに向かったのかと思えば、そのままキッチンの窓の外に立ち、そこから「マスター、エスプレッソを1杯」と注文を投げた相手は自分の妻。妻もそれを受けて「いらっしゃい。はい、どうぞ」と出窓の床板をバールのカウンターに見立て、バリスタになり切って淹れたてのコーヒーを出していました。「1ユーロだったかな？」「ええ。また来てね」と、男性がカップをぐいっと飲み干したあとも会話のやりとりが続きます。そして、背景には動画を撮っている娘さんらしき笑い声が……。

一時期、こうした一般の人による家庭内演技動画がたくさんアップされていました（笑）。家族揃って、大の大人が小芝居を楽しんでいて、視聴者をも楽しませている。受け入れ難い日常の異変のなかでも、こんなふうに乗り切ることができるなんて、彼らのエネルギッシュな想像力と行動力には憧れすら覚えます。

思わず心を動かされ、涙がにじんだ映像もありました。フィレンツェ5月音楽祭劇場が配信していた少年少女の合唱です。プッチーニのオペラ『トゥーランドット』のアリア「誰も寝てはならぬ」を、ビデオ通話を利用してリモートで合唱していたのです。

イタリア人なら誰でも知っているだろうこの曲は、最後に「夜明けとともに、私は勝つ！」という歌詞で盛り上がるのですが、清らかな声の癒やしとともに、コロナ禍にいる人々に響いたと思います。ほかの団体の企画にも、イタリアをはじめとするヨーロッパの子どもたち700人がこの曲をリモートで合唱している動画がありました。

自宅隔離中、音楽の力を感じさせる映像がSNSにはたくさん投稿されていましたよね。音楽は言語とは違って、脳を疲れさせることなく、ストンと人の内側に入ることができます。私もクラシックからブラジル音楽、日本のポップスまであらゆるジャンルの音楽を聴きますが、とにかく何かにむしゃくしゃしているようなときは音楽を聴くと、気持ちがすっと切り替わります。

イタリアのお国柄を形容するときに「マンジャーレ（食べる）、カンターレ（歌う）、アモーレ（愛する）」というフレーズが付いて回りますが、彼らはこれを微妙な気持ちで受け止めています。日本人が「スシ、ゲイシャ、サムライ」と形容されるのと同じ気持ちになると言えば、わかってもらえるでしょうか。イタリア人だからといって国民全員がオペラやサッカーのファンというわけでもないように、短絡的なステレオタイプでまとめられたくはないはずです。それでも、子どもたちによる「誰も寝てはならぬ」の合唱をこの時期に聴いて、グッと心にくるものを共有できる素地は、多くのイタリア人がもっているのだと思います。

個人主義で群れるのを嫌い、時には親族や家族ですら信用せず、社会のあり方に対して常に懐疑的なイタリア人たちですが、〝表現〟による感動や高揚感を分かち合うことで他者とのつながりを確かめる。ああいった彼らの動画を見ていると、心細い状況の中における〝表現〟の重要性と、人々が一体化することの本質的な意味を考えさせられます。

「弁証」と「謙虚」の理想像

イタリア人のなかにも、内省的な人や孤独を好む人は当然いますが、それでも彼らは全般的に言葉を使ったコミュニケーションに積極的な国民だと思います。日常的な会話も話題はてんこ盛り。政治に経済、歴史から美術、人の噂話までと内容は多岐にわたります。ディスカッション（議論）に対する意欲が、非常に旺盛だと思いますね。

私は小学校時代にクラスの男の子から「馬子」というあだ名を付けられていました。授業で学んだばかりの「蘇我馬子と何か関係が？」と思いきや、問いただしてみると、ただ私の鼻息が荒いから馬子だというのです。それほど、見た目からしても常に前のめりに行動しているような子どもでした。

卒業文集には、担任の先生が児童一人ひとりの長所を踏まえて「将来こんな人になるでしょう」と一言書く欄があったのですが、私のは「調教師」（笑）。私の馬子っぷりはそれだけ公認だったわけです。

そんな私もイタリアに行けば、馬は馬でも「ポニー」程度だと思っています。周囲の人たちの鼻息が、日本人から見れば〝暴れ馬〟並みに荒いからです。ただし、イタリア人は前のめりで饒舌、かつ人の話にかぶせるように大声で自分の言葉を次々に繰り出しますが、人の話を聞かないわけではありません。むしろ聞くに足りると思えば、小さな子どもの言葉でもよく聞いています。これも彼らの特徴と言っていいでしょう。

大声でまくし立てればいいというわけではない、ということを私が学んだのは、美術を学ぶために17歳でイタリアに行ってすぐのことです。留学のきっかけにもなったマルコじいさんに「人間は謙虚でなければいけない」ということを何度も説教されました。

当時、私は髪を剃ってスキンヘッドにするようなパンクな心を尖らせていて、自覚はなかったものの、社会を見下しているようなところがありました。マルコじいさんから見ても「おまえは何さまだ」という部分があったのだと思います。

「その虚勢は、おまえが弱いからだ。甲冑を着て大きく見せているだけなんだ」

と、結構ガミガミと言われました。

とはいえ、そういうマルコじいさんも、まわりのおしゃべりな老人たちも、人の言葉の上に自分の言葉をかぶせてくるなど横柄なときは横柄ですから「他人事じゃないじゃん」と心底では感じていました。人は謙虚であるべきだという言葉に納得できたのは、ある程度の月日が経ち、そんな饒舌なイタリア人たちとのコミュニケーションに慣れてきた頃です。

考えは胸のうちに留め続けているだけでは、不健康になるから、外へ排出しなければならない。だからイタリアでは、利他的で謙虚な人でも自分の考えを言語化する。要するに、良い弁論者は自らが発した言葉をしっかり反芻し、時には反感や顰蹙を買っても、それを客観的に省みるゆとりをもつ。それこそがマルコじいさんのいわんとしていた謙虚さであり、良い弁論者としての資質ということなのです。よく考え、よくしゃべる人は、傷つく頻度もそれだけ増えますが、それだけ自分という人間を日々懸命に耕しているという姿勢を表すものでもあるのです。

イタリアには子どものときから、自分が考えたことを人前で自分の言葉に言語化して表現する必要性を、家族と学校から教え込まれます。そうして、古代ローマ時代に優秀な人間に求められた弁論術がいまだに欧州の社会にはしっかりと根付いているのです。ただがむしゃらに馬のように奔走するだけではダメだということを、〝馬子〟である私はイタリアへ行ったことで諭されたのでした。

弁証力を育む学びのシステム

イタリアの人たちが幼少期から自然と身につける弁論力ですが、面白いのは普段畑にいる農家のおじさんや孤独な職種であるトラック運転手といった、必要以上に言語力を問われない仕事に就いている人も、自分が知っている知識やそこから導き出した考えを言葉に変える力とスキルを備え、その自分の言葉を第三者へ伝えたい意欲をもっていることです。

昔ご近所に住んでいたシチリア出身の寡黙な石工職人は、高齢なうえに職人気質なので言語化が得意ではなさそうに見えたのですが、あるとき作業所で彼が彫っていた立派な彫刻付きの墓石の素晴らしさに見惚れていた私に彼は、「古代ローマ文明やミケランジェロを生んだ土地に生きる石工は、怠けられないんだよ」と微笑みました。短いながら、その言葉の質感に私はすっかり魅了され、この人に墓石を注文したい、という思いに駆られさえしました。

うちのイタリア家族たちも、やはり皆おしゃべりです。毎週集まる親族の食事会でも、それぞれが自分の意見を主張したがる始末です。人が話し終わる前に別の人が言葉をかぶせてきて、聞いている側の私は「えっと、さっきの人の話は何についてだったっけ?」と、ワケがわからなくなることもしばしば。そうした親戚の食事会には小さな子どもも同席していますが、だからといって、彼らに話題を合わせるということは特にありません。むしろ、子どもにも習得してもらうべきこととして、ありのままを見せている感じです。

イタリアの子どもたちは小学校に入ると、教師の前に一人で立ち、自分で勉強してきたことをノートや本などを見ずに話さなければなりません。そうした学びのシステムに小さな頃から慣らされ、学校教育のなかで考えを言葉に変換させる演説力を磨き、鍛えられていくわけです。

またイタリアの人たちは、誰もが一端(いっぱし)の専門家のように話します。それは、自分のなかに知識を取り入れて、咀嚼（そしゃく）し、人前で話すという訓練の賜物（たまもの）だと思います。丸暗記しただけでは、相手に説得力をもって伝えることはできません。表面的なことだけを考えていても、演説は絶対に成功しないのです。イタリア人は皆、「人に教えたい」「雄弁に何かを語りたい」という気持ちをどこかにもっているような気がします。頭のなかに蓄えられた教養や身の内に湧き出る感性は、人に向けて発信するためにある、と捉えているのです。

だからこそ、美術館で普通のおじいちゃんに見えるような人が、自分の知っている絵画についての教養を、それこそ史実を織り交ぜながら、幼い孫を相手に嚙（か）み砕いて教えることができるのでしょう。

こうした国民性の国において、政治を司るような人物は、やはり相当な弁論力の高さを民衆から求められることになります。紙に書いた原稿に目を向けながらでないと発言できない人は、一国のリーダーに選ばれることなどないでしょう。

熟練の差

民主主義とは、参加者の弁論力によって成り立つものだということを、私は今回のコロナ禍における世界の指導者の対応を見ていて、しみじみ痛感させられました。

子どもの頃から弁論術を訓練させられると同時に、人の弁論に対してもクリティカルな鑑識眼を備えもった欧州の人々は、政治家のような立場にいる人間の言葉にはとても批判的です。なので民衆を混乱させる大きな問題が起きたときには、「果たして自分たちのリーダーには混乱する民衆を落ち着かせ、激励する能力があるのか」と見極めようとする批判精神も、相当厳しい。自宅のテレビでイタリアのコンテ首相やドイツのメルケル首相の演説を聞いていた人々の多くは、家族でそれについてあれこれ論議を展開していたはずです。

日本で以前、憲法９条改正に反対するデモがあったときに、そのデモに参加したある主婦がママ友のＬＩＮＥグループから外され、絶交状態になったという話を聞いたことがあります。「政治に足を踏み入れるような人と友だちになりたくない」といった理由で、子どもにまでその影響が及んだそうです。

政治は群棲の生き物である我々人間が生きる土壌を司るものです。ですから、意識していなくてもその土壌には国民である誰もが介入を許されるべきなのに、まるで極端な社会主義国や独裁国のような戒律を自らつくっている。その話を聞いたとき、私はかなり驚きました。

私の母は、私が子どもだったときから家庭でよく新聞を広げては、「マリちゃん、ちょっと見てごらんなさい。イヤねえ」といった具合に政治の話をよくしてくれていました。単純に自分の考えを聞いてくれる人がほしかったからなんでしょうけど、日本の世間体という名の戒律下ではそんな母親はタブーだということです。今の日本では主婦が政治の話をしてはいけないのでしょうか。

人と人が言葉をかぶせ合うように議論するイタリアでは、政治は格好の〝ネタ〟です。子どもたちからすれば面白くなくたって、大人たちの政治談議を否応なしに聞かされて育つことになります。親は親で「皆あんなに嫌っているって言ってたのに、ベルルスコーニが再選したぞ。あんな奴がまた首相を務めるなんて、あり得ない」といった感じで、遠慮なく議論を交わしています。そんなやりとりのなかで子どもたちは、「なんでベルルスコーニって嫌われているんだろう」などといった疑問をもち、ある程度大きくなったら、議論のなかに参加させられて、大人との会話を学んでいきます。

そのシルヴィオ・ベルルスコーニですが、1994年から2011年にかけて断続的に3回、延べ9年間にわたってイタリアの首相を務めました。うちのイタリア家族が集まると、最初から最後まで、会話がベルルスコーニのネタ一色になるほど話題の尽きない人でした。私たち家族からすると、あれだけ汚職を暴かれて、汚いやり方を曝(さら)け出している人が選挙で選ばれることがとても不思議で、彼が当選したあとの会話はこんなふうでした。

「みんな、この際正直に言ってくれ。この食事の場ではこんなに悪口を言っているけど、おまえたち、彼に入れたんだろう?」

「いや。入れてないよ」

「じゃあ、なぜなんだ!」

うちの家族は都市部の住民ですが、ベルルスコーニは特に地方の人々から高い支持を得ていた政治家でした。ベルルスコーニの言動を見てみると「猿山のボス猿」のような、人類の本能というレベルにおいては、大変わかりやすいカリスマ性をもち合わせています。

とにかく彼は女性にモテた。頭の毛が薄くても、高齢者であっても、汚職を暴かれても、なぜか若い女性が引き寄せられてくる。「11人の若い女性たちを寝室に侍らせて年越しをした」などという発言が首相自らの口から出た（実際には友人との電話を盗聴されたもので、年越しした彼女らと何かあったかは不明）となれば、単純に空いた口が塞がらなくなります。人間としての倫理面では最低ではあっても、種族存続へのエネルギーと意欲だけは半端ない。そんなことも彼が支持されていた理由とはまったく無関係だとは思えないのです。

ちなみに実業家である彼の総資産は50億ドル以上あると言われています。人間の成功を

〝お金〟という指標で見たならば、ベルルスコーニは圧倒的な覇者ということになる。これは、アメリカのトランプ大統領にも通じることだと思います。

だからトランプが選ばれたとき、イタリアでは平然と受け止められていました。イタリアの家族たちいわく「トランプ？　別に驚きませんよ。だって、うちにはベルルスコーニがいたんだから。そもそも政治家に都合のいい理想なんて求めるもんじゃない」。

私は複数の文化圏で生活してきたこともあり、今のように世界が向き合わなければならない同一の問題があれば、無意識にそれぞれにおける国の対応を比較してしまいます。たとえばアメリカや欧州や日本の政府の対応と民衆のリアクションを見たとき、比較の基軸にあるのは民主主義という政治体制です。しかし、この民主主義は、導入されている国によってその性質が大きく違う。一概に比較ができるものではないということを、今回ほど強く感じたことはありません。

ヨーロッパの民主主義は、古代ギリシャ時代から続く民主政を継承するものです。その間に様々な失敗、崩壊を経てあらゆる試行錯誤が繰り返され、膨大な時間をかけて少しずつ形を変化させ、現在のフォーマットに至っているわけです。つい150年ほど前に大政奉還をし、開国和親や攘夷運動の撤回を提唱した日本の民主主義と質感の違うものとなっても、それは当然のことでしょう。

それに、欧州は他国との境界線が隣接し合っているために絶えず様々な民族や文化が混入し、あらゆる性質の戦争がなされ、幾多の宗教や思想が育まれてきた土地です。そこに生きる人間を統制するために思案された民主主義が、島国として独特な気質を育んできた日本という国に、そっくり適応するわけがないとも思うのです。

日本には日本に適した民主主義がある。それを踏まえて政治家の発言や人々の動向を見ていこうと私は常に意識していますが、方向性の定まらない中途半端さに対しての違和感は胸中に蟠（わだかま）っています。

「疑念」と「狡さ」へのリスペクト

コロナ禍での日本の事情を夫や海外の友人に話すと、「それは本当なのか。何かがおかしいだろう。君らは政府や報道に騙されてないか」ということをよく言ってきます。そんな疑いを投げかけられるのも、今に始まったことではないのですが、言われるたびに、私のほうも物事をあらためて考え直す機会になっています。

この「疑念」もイタリア人の特徴の一つだと私は思っています。

2020年4月、NHKのETV特集「緊急対談　パンデミックが変える世界——歴史から何を学ぶか」という番組に出演した際、ウイルス感染学の専門家である河岡義裕さんと、「感染症を防ぐのは想像力。今の日本人は想像力不足」という趣旨の話になりました。河岡さんは「まるで第二次世界大戦中に誰もこの戦争に負けることを想定していなかったときみたいだ」と形容していましたが、あらゆる可能性への推測や想像力にこそ、私たちが生き残ることができるかどうかがかかっている、というわけです。

イタリア人の疑念をもつ力、つまり「疑う力」は、想像力に依(よ)るものだと思います。そして、この「懐疑性」という想像力がパンデミックの時代、特に問われていると感じています。実際、スペイン風邪のパンデミックは、第一次世界大戦中の発生だったこともあり、中枢が情報操作を行い、感染者の数などを正確に伝えていなかったことが発覚しています。報道される情報を鵜呑みにしている人と、どうも何かが怪しい、自分の判断で自分を守るしかないと判断した人とでは、おそらく生き延びられる確率にも差異が出てくるでしょう。

人はどうも信じることを美徳とし、疑いは良くないこととして解釈する傾向がある。たしかに信じるほうが、疑いを抱くよりは楽だし、裏切られた場合もその責任を信じた相手に負わせればいい。疑いという想像力には、それなりのエネルギーを要します。怠惰な人にとっては「信用」のほうがはるかに気楽でしょう。しかし、この「疑念」こそが社会の質を高め、栄養素の多い社会環境をつくり上げていくきっかけとなるのではないかと感じています。

現在、国内での感染者数は再び上昇傾向にありますが、先日夜に都内をタクシーで通過したところ、とある繁華街の一角で、20代から30代くらいのおしゃれな若者たちが、店から歩道にあふれて飲んだり話し込んだりしている光景が目に入りました。そして、その若者たちの群れの間を、マスクをした白髪の高齢者が足早に通り抜けていくのを見て、ドキッとしてしまいました。

あそこにたむろしていた若者は、果たして自分たちが置かれた環境を疑い、感染するかもしれない可能性を疑っていただろうか。自分の前を通り過ぎていった老人に、自分たちがもっているかもしれないウイルスを感染させる可能性を、ほんのわずかでも想像できただろうか。私の脳裏には、あのタクシーの車窓から見た一瞬の光景が今も焼き付いています。

私が疑いをもつことの大切さを学んだのは、10代後半でフィレンツェに留学してすぐのことです。当時、4人の大学生でシェアして暮らしていたアパートの家賃の半分を、私が一人で払っていることを、隣の部屋に住んでいた詩人から知らされたのです。残りの住人であるカラブリア州とナポリ出身のカップルは私にとても親切だったので、その裏でそんなことをしているとはまったく知る由もなく。母が懸命に働いて送ってくれていたなけなしのお金でしたから、そのときに受けた私のショックは半端なものではありませんでした。

それを機に11年間一緒に暮らすことになったその詩人は、若さに似合わず〝疑いの修羅場〟を幾重にもくぐり抜けてきたような苦労人でした。そこで彼に紹介してもらった弁護士に会い、お粗末なイタリア語で状況を訴えに行き、カップルと話し合いましたが、結局大騒ぎとなり、警察の立ち会いのもと詩人と私が荷物をまとめて出て行くことになりました。

イタリアに暮らし始めて、すぐにそんな目に遭ったわけですが、その後も住まいについては度々トラブルに見舞われました。隣のおばあさんの家の水漏れをうちのせいにされたり、又貸しが発覚して追い出されたり。金銭面でのトラブルは、容赦がありませんでした。友人に貸したお金が返ってこなかったこともありますし、商売をしていた時期は雇っていた女性にお金をもち逃げされました。詩人も悪い友人に口説かれて別の商売に手を出し、会社を倒産させてしまいました。フィレンツェでの11年間に私と詩人が巻き込まれたトラブルは数知れず、最終的には世話になっていた弁護士も信用できなくなり、私は自分がすっかり疑念の塊でできた人間へと変化してしまったことを痛感しました。

イタリア語では人を騙す人に対して「furbo（フルボ）」という言葉を使います。日本人からすれば違和感を覚えるかもしれませんが、「フルボ」はどちらかと言えば揶揄（やゆ）が込められた褒め言葉です。フルボは単に「ずる賢い」「抜け目がない」「悪い奴」という意味だけでなく、「あらゆることを疑い、自分の機知を使ってアイデアを得て、自分の責任で立ち回る」といった、多くを包括した意味合いも含まれます。ですから、苦境を巧みな知恵でくぐり抜けた人もやはり「奴はフルボだな」と言われたりもします。

経験と鍛錬を積まなければ、人を感心させられるような「フルボ」にはなれません。だからイタリアでは、ずる賢いことが「悪」ではないのです。『アラビアン・ナイト』は中東発祥の物語ですが、様々な機転を利かせる「フルボ」がそのなかに出てきます。中東も、そして地中海沿岸の世界も、不条理や混乱が絶えない国では「フルボ」でなければ、人間は強く生きていくことができないのです。

侵略の脅威とイタリア料理

日本でもイタリアでも、コロナ禍のなかで多くの飲食店が厳しい経営を強いられているとている馴染みの家族たちも、営業を再開してデリバリーやテイクアウトを始めた馴染みの店をなるべく利用したりして、少しでも応援できれば、と考えているようです。

そんな彼らが外食する際、食べに行くのはほぼイタリア料理店です。イタリア人は食に対してとても保守的です。ミラノやローマのような大都市でも、外国料理の店は非常に少なく、オープンしたとしてもなかなか流行りません。家庭でつくるのもイタリア料理が主ですし、ワインやオリーブオイルだって、地元の知り合いがつくっているものを買いたがる。究極の地産地消です。

新しい食にチャレンジするより、馴染みのものを守るほうに彼らのベクトルは向いているようです。ベトナム料理にアラブ料理、北アフリカ料理など、多様な飲食店があるフランスや、日本料理店が大人気のポルトガルといった、特に植民地をもっていたような国々にありがちな「開かれた食文化精神」をほとんど備えていません。

イタリア人の食の保守性は、侵略を受け続けてきた歴史に関係すると思います。古代におけるギリシャ人からフェニキア人の植民、南部であればアラブ人からノルマン人、北方であれば北方の民族、中世になっても「この前までフランスのアンジュー家が支配していたけど、今はスペインのアラゴン家」というように、侵略者が目まぐるしく変わりました。

マフィアのような組織が生まれたのも、この侵略され続けた歴史ゆえです。アイデンティティが不透明な状況が長く続くなか、地域で結束して自分たちで守っていくしかない。その地域もまた信用できなくなるとなれば、今度は家族で団結して自分たちの砦を守るしかない。マフィアは一つの〝ファミリー〟で、そこに経済活動が結びついた〝自衛集団〟なわけです。

つまり、イタリアの家族主義、食の保守性は、常にかかってくる外圧に対し、自分たちの〝核〟となる部分を守ろうとした結果と捉えることもできます。外国文化の流入圧力にそこまで晒(さら)されてこなかった日本人が、海外の文化を柔軟に取り入れているのとはとても対照的ですよね。

日本は周囲を海という天然の要塞に囲まれ、国境が安定していた島国です。それとは違い、大陸のヨーロッパは他国が陸続きに存在し、歴史的にも、常に異文化が外から流入してくる可能性がありました。実際、国境沿いでは今も違う言語を話す文化がひしめき合っています。

たとえば北イタリアのボルツァーノではドイツ語が、トリノのほうに行けばフランス語が、イタリア語とともに話されています。また南イタリアのカラブリア州には16世紀にアルバニアから移民してきた人たちの集落があり、そこでは独特な言語も発達しています。サルデーニャ方言もシチリア方言も、ギリシャやフェニキアやアラビアといった文化の影響を受けてきたために、標準イタリア語とは大きくかけ離れています。

イタリア人たちの「猜疑心（さいぎ）」は、常に他国による干渉や異文化の混入が繰り返されてきた怒濤の歴史によって形成されたものだと言えるでしょう。「あらゆることが自分たちの思い通りにならない」という歴史に、彼らは鍛えられてきたのです。

そんな歴史をもちながらも、ここ数年北アフリカから日々簡素な船やボートで地中海を渡ってくる膨大な数の難民を、イタリア政府は拒絶せずに受け入れています。周辺諸国が頑なに難民に対して国境を閉ざそうとするなかで、イタリアは「うちだって大変だけど見殺しにできない」と、なんとか死なずに到着したアフリカや中東の人々を入国させている。

彼らは、こうした人類の動向を「あり得ないこと」とは捉えていません。すべて「あり得ること」として受け入れている。そこに問われるのは人々の臨機応変な精神性です。私の家のあるパドヴァにもずいぶんアフリカ系の住民が増えましたが、今では誰もがその現状を受け入れており、それについて特に動揺もしていない。

このように、「地球に生きていれば起こり得ること」として何事も受け止め続けてきたイタリア人が、今回のパンデミックにこれから先どう対応していくのか。長い目でじっくりと見ていきたいと思っています。

第3章 たちどまって考えたこと

自粛中に読んだ本や映画たち

「旅」を封じられて

イタリアで暮らす夫から遅れること約1ヵ月。東京にいる私も4月7日の緊急事態宣言の発令を受け、「外出自粛」を経験することになりました。日本の緊急事態宣言は東京都を含む7都府県を皮切りに、4月16日に全国へと拡大され、5月25日にすべての都道府県が解除されるまで続きました。

もともと漫画家は部屋に引きこもって行う仕事ですから、自粛期間中も私の生活自体には大きな変化はありませんでした。外に出る仕事が減った分、いつも以上に家で働くことがメインという生活になっただけで、パンデミックをきっかけに「これはいつ死ぬかわからない。今まで後回しにしていたやりたいことをやろう！」というような、差し迫った気持ちもありませんでした。

精神的に大きな変動がなかったのは、生活リズムにほぼ変化がなかったことに加え、「人間はいつ死ぬかわからない」という感覚が、コロナ以前から私には身に馴染んだものだったからだと思います。今までの人生で、一歩間違えればあの世、という経験を何度かしてきているることもありますし、子どものときから身近な人の死を度々見てきていることも影響しているのかもしれません。

もう一つ、世間的には「やりたいことをやって生きている人」に見えていたりするようですが、私は自分の人生に計画なんて立てたことはなくて、常に自分の前に乗るべき波が来たら乗ってみる、という生き方をしてきて現在に至っています。

たとえば油絵の勉強こそ自分の選択でしたが、それも「好きだから」ではなく「それがいちばん熱心にできること」だったからであり、漫画を描くようになったきっかけも、単純に「絵で稼ぎたいならやってみたらどうか」と友人に勧められたからでした。そして出産も今の夫との結婚も、海外を転々と暮らすようになったのも、自分がそうしたかったから した、ということではなく、縁やタイミングという「波」がやってきたから乗ってみたらそうなっただけ、ということなのです。波が来ているのに気がつくのも、乗ってみようと選択してきたのももちろん私自身ですが、自分の人生はこうであってほしい、自分とはこういう人間であってほしい、といったイデオロギーをもったことはありませんでした。

ただしこのパンデミックという波には、乗るか乗らないかという選択の余地はありません。抗ってもしょうがない。イタリアの家族のもとに戻れないことはつらくても、これはもう、生きていればこういうこともあるんだと開き直るしかない……。

そんなふうに考えてはいますが、ストレスが溜まらないわけではありません。なぜなら、どんなに忙しかろうが自分にとって生活の一部分だった「移動」ができなくなっているからです。私は家にこもって漫画を描く仕事をする一方で、国内外のいろんなところをこれまで転々と訪れてきました。旅というインプットがあってこそ、漫画などでのアウトプットができていたので、一ヵ所にずっと止まっていると栄養失調の危機感を覚えてしまうのです。

パンデミックで旅に出ることを封じられ、私はたちどまることを余儀なくされました。そんなふうに行き場をなくしたエネルギーをもて余しているのは、この状況下で私だけではないはずでしょう。では、そのエネルギーをどう生かせばいいいか。

この章ではそんなお話をしたいと思います。

人間としての機能を鍛えたい

旅を封じられてしばらく経ったあと、これはこれで普段考えたり実践できないことを経験するチャンスであるということに気がつきました。

自分の知らない土地へ出向いたときに感じる〝アウェイ〟という感覚が、私の日常にとっては必要不可欠なものでした。自分と縁もゆかりもない土地へ赴けば、私はよそ者以外の何者でもなく、現地の人たちに「馴染む」しかないという状況になります。この、馴染むしかない状況と正面から向き合うことで、その地で体験することが自分の血肉になる実感もありますし、何より、地球から「一定の範囲に生息しているだけで、地球のすべてをわかったつもりになって、自惚(うぬぼ)れるんじゃない」と挑発されているようなあの感覚は、地球と馴染める生物になりたいという潜在意識の願望から芽生えてくるものなのかもしれません。

様々な土地に行き、自分の固定観念を脇に置いて、いろんな人の習慣や考え方を理解するよう心がける。それを試みているとき「ああ、自分はこの地球でもっと〝広く〟生きていけるかもしれない」と思えてくるのです。そもそも、地球の表層に様々な敷居をつくって人類の生息地域を分類化し、メンタル面における民族という概念をつくり出したのは人間であって、地球の意図ではない。地球という惑星に生まれた生き物として、そんな人間社会の構造がもどかしくなることもあります。

たとえば海外を旅しているときはいつも、自分自身という意識を払拭して行動したいと考えます。何者でもない、地球上を流動体のように彷徨(さまよ)っていろいろな地域の有り様を観察したい。「ヤマザキさんって人間が本当に好きなんですね」と言われることがありますが、人間は好きだとか嫌いだとかという視点で接するものではないと思っています。種族としての人類を苦手だと思うことはあっても、特化して人間万歳、人間大好き、などと感じることはまったくありません。犬や猫がそれぞれのコミュニティに属するように、私も人類のコミュニティに属していることを自覚している。それだけです。私にとって人間は昆虫や植生や地質と同じ、地球の〝有り様〟なのです。

ですが、カブトムシや猫とは同種族としての経験を共有することはできません。一方でコミュニケーションの取れる人類とは黙っていても集う機会が増えます。実際、友人たちと食事なんかしていると、しゃべることは大抵他愛もない、どうでもいいようなネタだったりしますが、それもまた私にとっては人間の心理を知るうえで興味深い。どんな些細なことも、考察をすると思いがけない発見があるからです。

旅が面白いのは、多様な文化圏の、多様な習慣をもった人間と接していると、彼らの背景にある歴史や地域性を通じて、地球の奥深い側面がどんどん顕（あらわ）になっていくから。日本では「東大を卒業して一流企業に就職しました」と言えば自動的に付く箔（はく）も、たとえばニューギニア島の山奥の部族には何の意味もなしません。後天的に情報として身に付けたものに意識を囚われないようにするためにも、ものの見方を常にデフォルト状態に保つためにも、旅でその土地の人と関わることは、人類の性質を知るうえでとても大切なことなのです。旅という手段によって、人間として本来備えもっているはずの機能を鍛えたくなるこの気持ちは、私にとっての本能的な欲求と捉えています。

そして、人間という生き物には知性という要素が備わっています。ただ、この知性というものは扱いがなかなか難しく、多くの人は鍛えることを怠ってしまう。以前そんな話を友人としていたら「ということは、マリはこの世の人間はみなブッダになればいいと思ってるわけ？」と笑われたことがありますが、たしかに、もしみんながブッダ的悟りを得たら、人間社会は様々な欲求をめぐる争い事が少なくなり、自然環境の破壊も止まるかもしれません。

私はしかし、そういうことを言っているのではないのです。

植物や昆虫やその他の動物が、生まれたときから備えている機能を100%駆使してこの地球で生きているのだとしたら、人類は果たしてどうなのか。知性は鍛えたからと言って100%という到達点があるものとも思えませんが、それにしてもあまりにもこの世には自らの思考力という機能を甘やかし、怠惰にし、そんな中途半端な状態でも、自負や虚栄で自分を固めて生きている人が多すぎるんじゃないかと多々思うのです。

旅では、そういった人類の知性の多様さも知ることができる。宗教や、環境、そして教養が生み出す価値観も果てしなく多様であることを知り、安心することもできる。知性にもアウェイがあることを知って、地球の広さがわかる。それが私の旅でのメリットなのですが、自粛期間は旅の代わりに、今まで以上に本を読んだり映画を観たり、考え事をすることに時間を費やすことで、それなりの充足感を得られています。

それに加えて、今の私のように家族や友人など他者と過ごす時間が少なくなれば、自分の考えを他者の言葉に置き換えたり、すり換えたりしてしまうことは減り、「自分の考えを自分の言葉で言語化する」という技がいつにも増して鍛えられていく。こんなことも、今みたいな状況でなければなかなかできないことだと思います。

「自家発電」のススメ

「たちどまると死んじゃうんじゃないですか？」

と言われかねない私は、回遊魚であるマグロのような印象を周囲に与えているようですが、漫画を描く仕事というのはその逆で、たちどまらなければできないものです。しかもたちどまる前にきっちり溜め込んでおかなければ、なかなか面白い表現は出てきません。

パンデミックで旅というインプットの手段をなくした私は、当初「ガソリン切れ」のような状態になりました。しかし「何かインプットしたい」というエネルギーは、こんこんと湧き続けます。遠方への旅はおろか近場の温泉にも行けないし、さて、どうしたものか……。

そんなとき、ネット上の記事で「自粛警察」という言葉を目にしました。外出自粛によるストレスで「些細なことに意識が向いて、家族と大喧嘩。どうしたらいいでしょう」という、悩み相談に対する回答のなかでの話です。

「あなたの内側にある不要不急の欲求を、何か実行してみてください」

その回答者が言わんとしていたのは、普段はしないような、実行に手間がかかることをすることによってストレスを溜め込まなくて済む、ということでした。たとえば時間がかかる料理をつくる、ヒヨコを飼う、くだらない話を誰かと延々とする、など。

実は私もここ最近、すっかりご無沙汰していた料理をするようになっていました。忙しさにかまけてこの10年ほどは適当な料理だけだったのに、外出自粛が始まってイタリアへ戻れなくなってから、それまであんまり積極的に食べたいと思うこともなく、しばらくつくっていなかったイタリア料理や、レストランでしか食べていなかったアジア系の料理、そして昔よくつくっていたブラジル料理など、手間暇のかかるものをつくるようになっていました。旅に向いていたエネルギーが、料理に向かった感じですね。

そうした内なるエネルギーは誰もがもっているものです。普段の行動に制限がかかったときに、そのはけ口が周囲の人への攻撃に向かうか、いつもとは違うクリエイティブなことに向かうか。発散の仕方に違いがあるだけだと思います。

実は外出制限が始まった当初、私は息子のデルスに怒られていました。

「最近、ママのフェイスブックへの投稿が異様に多いけど、ちょっとあれは考えたほうがいいんじゃないの。アップされるたびに、友だちが教えてくれるんだけど、ほら、こんなに」

彼のスマホの画面には、私が写真をアップしたという告知メッセージが大量に並んでいました。おっと、これはヤバい……。自覚がなかっただけに、息子の指摘にはすごく恥ずかしいものがありました。行き場をなくした私の内なるエネルギーが、フェイスブックで発散されていたとは。いや、ＳＮＳが悪いとは思っていません。ただ、加減しながら付き合うものだと思っていたので、それがたしかにオーバー気味にはなっていた。友人との直接の接触が減ってしまったせいもあるのでしょう。

「ＳＮＳへ熱心に写真投稿するより、その集中力をもっと読書や映画にあてたほうがいいんじゃない？」と言われ、全くその通りだと痛感しました。デルスは大学を卒業したばかりの若者です。しかし、幼い頃から世界中の現地校に転校させられるなど、何かと厄介な大人に振り回されて不条理な思いと向き合ってきたからなのか、または小乗仏教のお坊さんの知り合いがいたり、ネパールにふらりと出かけたりするせいなのかはわかりませんが、時々、この人はやがて出家をするつもりなんじゃないだろうか、と思わされる発言をするときがあります。そんなデルスの指摘もあり、私はＳＮＳをできるだけ控えるようにし、その分読書をしたり、映画を観るようになりました。

映画や本は、旅とは違った形で内側に栄養を与え、思考や感情、感性を鍛えてくれるものですよね。言わば家のなかに居ながらにしてできる「自家発電」のようなもの。

日本は鏡に映し出されたそのままの自分ではなく、他者が「あなたってこんな人」と象った自分を自分自身だと思い込む傾向が殊更強い社会だと常々感じています。そして新型コロナウイルスの出現によって、他者という鏡を見られなくなってしまった私たちには、「自分と向き合わざるを得ない時間」が格段に増えました。鏡を失って戸惑う人もいるとは思いますが、ここらで自分自身の力で、自分というものを知ってみるのはどうでしょうか。映画や本や音楽は、自分で自分を知るための鏡としては最高の素材になります。

人間にとって最終的に頼りになるのは、自分自身以外にありません。自分の人生に対する「答え」を出せるのも、その本人でしかありません。だからこそ自らを見据え、鍛え、「頼りがいのある自分」を私たちはつくっていかなければならない。

他者との交流に制限がかかるパンデミックの時代に、私たちは自身と向き合い、自分を逞(たくま)しくする、いいきっかけを与えられているのかもしれませんね。

私自身もパンデミックが起きてから、身近な社会の性質や人間の歴史に至るまでのいろんな事柄を、今までになく深く考えるようになりました。本を読んでいても、自分のなかでの思考の細胞分裂の活発さが、コロナ以前よりもずっと増している。語弊を恐れずに言うと、このパンデミックにはそんなポジティブな側面もあるのではないでしょうか。

息子デルスと名作映画を見直す

自宅に居ながら様々な映像コンテンツを楽しめるのも、現代のパンデミックならではですよね。私は「若い頃に観ただけで、すっかりわかったつもりになっていた映画」を、これを機に、あらためて見直してみることにしました。

『真夜中のカーボーイ』（ジョン・シュレシンジャー監督）、『さらば、わが愛／覇王別姫』（チェン・カイコー監督）、『自転車泥棒』（ヴィットリオ・デ・シーカ監督）、『生きる』『悪い奴ほどよく眠る』（黒澤明監督）、『一人息子』『長屋紳士録』『東京物語』（小津安二郎監督）……。様々なジャンルを観ていますが、どの作品にも新たな発見や、いろんな経験をしてきた今だから見えてくるものがあります。

特に黒澤明や小津安二郎など、日本を代表する監督の終戦直後の作品や、イタリアのネオレアリズモの映画はどれもみな圧倒されました。若いときは知識人からの評価が高いというだけで「いい映画だった」と一方的に解釈していたこともありますが、こういう映画は平穏無事で豊かな心地のときに観るよりも、今のように精神面で自由が拘束状態にあるときのほうが、入ってくる情報量の多さも、胸中に芽生える感慨の深さもまったく違います。今回それがしっかりと自覚できました。

息子のデルスとは、彼が子どもの頃からよく一緒に映画を観てきました。しかも子ども向けのものではなく、私が観たい映画ばかりを。実はデルスの名は、黒澤明の映画『デルス・ウザーラ』から付けました。シベリアのタイガという厳しい大自然のなかで、自分をその他の動植物と同じ生き物として、地球と折り合いをつけつつ強く逞しく生きる猟師のデルスに感動したからです。

自粛期間中も過去の名作の数々を息子と観てみました。彼は作品ごとに言葉を失うほど大きな衝撃を受けていて、その反応も見ていて面白かった。直後には「すごいものを観た」というような顔で、黙って近くにある自分の家に帰っていくのですが、自分のなかで消化できたらしい数日後には映画の感想を言ってくる、といった具合でした。彼も親譲りの旅好きなので、今はやはりこうした映画や読書で空腹感を満たしているのでしょう。

たとえばデ・シーカの『自転車泥棒』。第二次世界大戦が終わってほどなくつくられた、ネオレアリズモを代表するイタリア映画です。ローマを舞台に素人の俳優を起用してリアリティを追求し、貧困ゆえに不条理な現実に翻弄される親子を軸に物語は描かれています。

「あの貧しい親子にスポットは当たっているけど、自転車を盗んだ男も、証人であるはずの老人も、映画に出てくる人たちはみんな同じように社会の不条理と向き合って苦しんでいた。あそこに出ている全員が主人公だった」

デルスいわく、盗んだ者も盗まれた者も、疑いから殴った者も、屈辱に泣いた者も、赦し（ゆる）を与えた者もすべて、戦後の貧しさのなかで飢え死にするかもしれない現実を共有する人たちなのだと。社会の問題を親子のエピソードによって克明に炙りだした映画のメッセージを、しっかり受け取ったようでした。利他性を養ううえでも、今観るべき映画だと私も思います。

黒澤の『生きる』も今こそ観るべき作品です。

胃ガンによる死期を悟った真面目な市役所勤めの男が、それまでの事なかれ主義だった生き方を虚しく振り返り、初めて意志を示す。人生の最後に、あらゆる社会の障害を越えて、住民のために衛生環境の悪い空き地を整備し、そこに小さな公園をつくるという話です。

『悪い奴ほどよく眠る』にも言えますが、市井の人々の生き様を描くことで、社会体制の容赦ない歪みとそれに対する人々の疑念、当たり前と思わせられていることを疑うエネルギーを触発するという骨太さは、今を生きる私たちにも考えるいいヒントを与えてくれるのではないでしょうか。

ちなみに『ビルマの竪琴』（市川崑監督）も久しぶりに観ましたが、おそらくこのパンデミック下に置かれた精神状態でなければ感じられないようなものが、この映画のなかにもありました。

原作は、戦時中のビルマ（現ミャンマー）で捕虜になった日本兵を描いた児童向け文学です。主人公はその追い詰められた状況下で、命を落とした同胞を弔うために僧侶として残る決心をします。それだけの精神の高みに達した文学作品をつくった人がいて、それを映画にした人がいた。今つくろうとしても、なかなかできない作品だと思いますね。

そして小津安二郎の『長屋紳士録』や『東京物語』といったいくつかの戦後作品も、すでに何度も観てきたものではありますが、家族を俯瞰視できず、利他性を失いがちな現代の社会を見直せる内容として、この先も、また何度か観たくなるはずです。

『長屋紳士録』は1947年、『自転車泥棒』は1948年、『東京物語』は1953年、『生きる』は1952年、『ビルマの竪琴』は1956年（1985年再び映画化）、『悪い奴ほどよく眠る』は1960年と、終戦から15年ほどの間に非常に力のある映画が多数撮られていたことに、つくづく感心します。

第一次世界大戦からスペイン風邪のパンデミック、そして世界恐慌が相まった史上最悪の事態から、さらに8000万人とも言われる死者を出した第二次世界大戦を経て、これでもかというくらいズタズタのボロボロになった社会のなかにありながらも、人々は立ち上がり、後世にも残り続けるエネルギーが込められた映画をつくっていたんですから。

『ゴッドファーザー』と『フラガール』

映画界の金字塔と言われる『ゴッドファーザー』（フランシス・フォード・コッポラ監督）も、テレビで放送されていたついでに見直してみました。息子が「まだ観てない」と言うので3作すべて観てもらうことにしましたが、鑑賞後、言葉を発する気にもなれないほどの衝撃を受けたようなので、私流の教育の達成感みたいなものを感じてしまいました（笑）。

皆さんもご存じの通り、ニューヨークのイタリア系マフィア、コルレオーネ・ファミリーの一大叙事詩ですが、この作品には人間社会の縮図が見事にはまっていて、その世界観は古代の文明史を描いているかのように壮大で見応えがあります。一族の長であるドン・コルレオーネが展開していたのは、まさに帝政。皇帝という権力者のもとでの政治です。

マフィアとそのマフィアに関わった人たちの物語ながら、広く捉えればそこに全世界が表現されています。つまり、社会の構造を学ぶのにこれほど優れた作品はない。映画史上に残る名作というだけでなく、これも平穏な状態で観るのと、今観るのとでは、動かされる感情がどこか違うように思います。

『ビルマの竪琴』では僧侶の決心に心を洗われますが、『ゴッドファーザー』を観たあとは人間社会のあらゆることを疑うようになるでしょう（笑）。どんな人が何を言っていても、「この人はなぜこういうことを言うのか。きっと某かの策略があるんじゃないか」「こんなに親切なのには、何か裏があるな」と、疑念のスイッチが入りやすくなります。その姿勢はこの世を生き抜いていくうえで、実は必要なものだと思います。

猫でも犬でもカブトムシでも、動物の飼育をするときにその動物の習性を知っておいたほうがいいように、私たちは人というものの習性をもっと知っておいたほうがいいですね。その意味でも『ゴッドファーザー』はぴったり。まさに「人間の習性を学ぶ教科書」のような映画だと思います。

比較的近年の邦画では『フラガール』（李相日監督）を再び観ました。私が現在連載中の漫画『オリンピア・キュクロス』で農村歌舞伎を開催することで地方創生に奔走する人々を描くことになり、何か知恵を与えてくれる映画はないかと、この作品を思いついたのです。

苦境に陥った昭和の炭鉱の街を復活させるべく、本格的なフラダンスショーを見せる観光施設をつくろうとする人たちの物語ですが、炭鉱という一筋縄ではない社会環境のなかで既成概念という敷居を、人々が四苦八苦しつつ乗り越えていく有り様が飄々(ひょうひょう)と描かれているのがいい。その描写も押し付けがましくなく、さりげない。街が活気を取り戻そうとする過程を慎ましく、でも力強くと、とても日本らしい形で捉えていました。

「新しいことなんてやらないほうがいい」と言っている人たちのもとに、ハワイアンセンターという新しい施設をつくろうとする人たちがやってくる。しかもその結果は施設ができるまでわかりません。そんなゴールが見えないままで、街の人々の同意を得ようとするのですが、最後には「バカヤロー」「コノヤロー」の世界で生きてきた炭鉱の男たちが、施設内に植えられたヤシの木を寒さから守ろうと、ストーブを貸し出して協力するのです。

葛藤しながらも古くて強固な慣習を越えていく人々の姿は、見ていて清々しくなるものです。「ストーブを貸す」ということは一つの同意を象徴するようなもので、彼らはその自分の判断に責任をもって行動したわけです。そこに至るまでに炭鉱の人たちは、ハワイアンセンターのことをよく考えたのでしょう。新しい計画を一笑に付したり、無視したりするのでなく、「わざわざSKD（松竹歌劇団）のダンサーが先生としてやってきて、一所懸命頑張っている人たちがいるっていうことは、この先に何かあるのかもしれない」ときちんと心に留めていた。熟考の末での判断だったんですね。

ちなみにこの作品は母のお気に入りでもありました。戦後親に勘当され、音楽家として縁もゆかりもない北海道までやってきて、音楽文化を開拓することに必死だった自分を物語に重ねていたのかもしれません。

そう言えば、イギリス映画の『リトル・ダンサー』（スティーブン・ダルドリー監督）も『フラガール』と同じく炭鉱就労者という労働者階級のマッチョな環境から、素晴らしい少年クラシックバレエダンサーが生まれるという話です。あれもまた、自分たちとは次元が違うと思われていた新境地へ一歩踏み出すことが、どれだけ素晴らしい結果をもたらすのか、ということを淡々と描いた作品でした。

映画には、爽快なアクションにスカッとするタイプのものもありますが、『フラガール』や『リトル・ダンサー』のように、群れで生きる人間や社会の習性を冷静に観察することで、新たな発見や気づきに至り、同時に自分のなかに封じ込められていたエネルギーを呼び覚ましてくれるような作品もあります。今のような時期の鑑賞に、特にお勧めです。

未来を予見し、警鐘を鳴らす文学

第二次世界大戦による大ダメージから立ち上がろうとしていた時代に、素晴らしい文化の萌芽があったのは、映画作品に絞って見ただけでも納得できることだと思います。

黒澤明の代表作の一つであり、志村喬の名演が見る人の胸に焼きつく『生きる』は、日本社会をとても客観的に告発した今にも通じる内容です。黒澤は『酔いどれ天使』や『野良犬』といった作品でも、社会の不条理を冷静に撮ることで世に訴えていました。そして今一度認識しておきたいのは、そうした映画を生み出すのを許していた社会があったという事実。当時の映画会社が良質な社会派作品に制作費を出した、ということなんですよね。

同じことがイタリアの戦後の映画界にも言えます。イタリアの映画撮影所「チネチッタ」が資金を提供したおかげで、やはり社会の不条理を冷静に、そしてリアルに描き出した『自転車泥棒』や『無防備都市』（ロベルト・ロッセリーニ監督）、『揺れる大地』（ルキノ・ヴィスコンティ監督）といったイタリア・ネオレアリズモの傑作が生まれました。

終戦後、映画界と並んで文化的な萌芽があったのが文学の世界です。

日本の文学界にも、戦後のあの時期でなければ生まれなかっただろう優れた作品がたくさんあります。その多くは社会の趨勢（すうせい）への批判力に富んだものでした。ふと思い浮かべてみるだけでも、安部公房や三島由紀夫、石川淳などが、驚くべき想像力と筆力、そして表現力を駆使した傑作を発表しています。彼らも戦前から戦中、戦後を生き抜いた人たちですね。

〝日本のカフカ〟と目される安部公房は、私が10代の頃から敬愛する作家の一人です。彼の作品は小説から戯曲、論評に至るまでしらみ潰しに読んできましたが、自粛期間中にさらにもう一度読んでみようという気になったのが、エッセイや評論を集めた『死に急ぐ鯨たち』（新潮社）。小説『方舟さくら丸』（新潮社）の刊行のタイミングに合わせて出版されたもので、この小説についても多く触れられています。

『方舟さくら丸』は、NHKのEテレで2020年の元日に放映された「100分deナショナリズム」という番組に出演した際、私の一冊として紹介しました。「ナショナリズムの本質を考える」というテーマのもとで、社会学者の大澤真幸さん、政治学者の中島岳志さん、作家の島田雅彦さんがそれぞれの一冊を取り上げて語るという、興味深い内容の番組でした。

『方舟さくら丸』は核戦争への不安が表立ったテーマとして繰り広げられる小説ですが、安部公房作品の主軸である実存性とSF性が織り込まれていて、1984年刊行とはいえ、今読んでも時代的な違和感をほとんど覚えません。安部公房の時空を超越した審美眼と表現力には本当に圧倒されます。

主人公は核戦争を懸念し、巨大な地下採石場の跡地をシェルター代わりに引きこもっている男・モグラ。彼は聖書に出てくる「ノアの方舟」よろしく、一緒にシェルターに入る人間たちと出会います。そして彼らとの共同生活があらぬ方向に進み、モグラは結局その方舟の外に出てしまう。世界の滅亡、核、産業廃棄物、高齢者のボランティア団体、サバイバルゲーム……といった要素がシュールに絡むその物語には、未来を予見した作家からの社会への警告がちりばめられています。

一方『死に急ぐ鯨たち』のなかでも安部公房の観察眼、批判力が冴えています。たとえば、体感を伴ったアナログでは物事を考えられない〝デジタル脳〟をもつ人たちが増えていくだろうという予測と、そのことへの強い懸念が綴られています。デジタルから得られた情報をどんなに頭に詰め込んでも、アナログでうまく機転を利かせてそれらを使いこなせなければ行き詰まってしまうと、警鐘を鳴らしているのです。

この本が刊行された１９８０年代半ばは、ワープロがやっと広まり始めた時期で、パソコンはまだ普及していませんでした。その時点ですでに、デジタル脳とアナログ脳の対比をし、社会がデジタル脳化することへの疑念や懸念を示しており、その慧眼には深く感心せずにはいられません。

さらに同書で彼は、「人は苦境に陥るほどスポーツや音楽といった、言語化せずに楽しめるエンターテインメントや、脳を使わなくても慰めてくれるものを求める」といったことに言及し、その危険性も指摘しています。今読んでも新鮮で、知的な刺激にあふれた一冊です。石川淳もまた、現代には生まれないような作家ですね。質感のある事案を飄々と、距離を置いた目線で示唆する文章は随一で、安部公房がこの作家を尊敬していたのもよくわかります。そういった観点では、私的には20世紀初頭に没したポルトガルの詩文学の巨匠、フェルナンド・ペソアと双璧をなすと考えています。

ペソアは、ヨーロッパでは文学を志す者にとっての必須教養のような存在です。備えた能力をむやみにひけらかすことなく自分を表現できる力は、文学界を代表すると言って過言ではありません。

石川にしてもペソアにしても、謙虚で淡々とした筆致でありながら、真実を力強く語ることができたのは、感覚と考察における経験値の豊かさゆえだったのではないかと思います。内側にたっぷり溜め込まれた様々な感慨をむやみに放出したり、散乱させることなく、文字という限定的ツールによってのみ象っていったことで、理性と感情によるブレない調和を成した作品が生み出されていったのでしょう。

そしてもう一つ、この二人に共通していたことは、孤独が彼らの崇高な文学性を支えていた、ということかもしれません。彼らの文学作品に触れるたび、人間は意図してでも孤独と向き合う必要のある生き物だと感じます。

アマゾンでも漫画を描いた手塚治虫

これまでご紹介したもののほかにも、パンデミックによってたちどまり、自分と向き合って考える時間が増えた今だからこそ読みたい、価値のある映画や本は山のようにあります。特に私は、第二次世界大戦の惨禍をくぐり抜けたあとに生まれた戦後の作品の素晴らしさをあらためて感じています。

終戦後しばらくの間、日本では文化的に非常にハイスペックな作家や映画監督たちが活躍しました。そして鑑賞する側も、特にインテリというわけでなくても、人間をとことん見つめた遠藤周作の小説などを読むのを普通のこととしていた。三島由紀夫が婦人向けの雑誌に連載、執筆しているような時代でもありました。

文化の熟成がそれだけ進んだのは、戦時下で見て経験した現実を、同じ問いを繰り返すように自分のなかで何度も考え、咀嚼し、作品として昇華した人がいたからです。

私が大好きな安部公房や小松左京も、その時代を経験した人たちでした。彼らがあれだけの文学的なパワーをもち得たのは、不条理な状況下で多くの人が避けて通ろうと思うようなことも含めてすべてに向き合い、吸収したから。不条理のもとでしか育たない感性があるのだと思います。イタリアのネオレアリズモも同じく、戦争という不条理を経て生まれた文化的なムーブメントでした。

漫画の世界にも、春になって芽吹くフキノトウのように数々の才能が終戦後に登場しました。筆頭に名が挙がるのは手塚治虫ですね。彼も不条理な時代を全身全霊で経験した、とてつもない知の巨人です。

以前、南米のアマゾンに行ったときに、手塚氏を案内したという日系人に会ったことがあります。私が漫画家だと知ると、かつて手塚氏がアマゾンを移動中、揺れる車のなかでずっと漫画を描いていたという逸話を語ってくれました。実はそのときの私も宿泊先の小屋のなかで昼間は原稿を描き、夜は昆虫を採って過ごしていたのですが、戦争を生き抜いた手塚世代の人たちにとっては、アマゾンを移動しながら漫画を描くことは「生きていれば何でもアリ」の一環で、腹の据わった心境だったのではと想像します。焼け野原で炊き出しをしたり、闇市で物を売ったり、生きるためにはどんなことでもしなければならない、という時代だったわけですから。生き抜くために知恵を絞ってきた人たちは、本当にエネルギッシュでパワフルです。

そして、昭和の国民的漫画『サザエさん』（長谷川町子著）の初期作品も、終戦直後に生み出された快作だと思います。連載が始まったのは昭和21年4月ですから、まだ日本のあちこちが戦争の傷だらけで、食料もなく、とにかく生き延びることに誰しも精一杯だった。そんな時期にびっくりするようなユーモアとギャグが盛り込まれたあの漫画が現れたのです。

満洲引き揚げ者や戦災孤児、配給や買い出しといった描写も出てきますが、どこにも悲壮感が漂っていない。人間の生きる社会なんざこんなもんよ、とでも言わんばかりの前向きさ。家族を失い、お金もなく、どうやって生き延びていけばいいんだかわからないような現実のなかにありながら、サザエさんを読めば「まあ、そのうちなんとかなるか」と救済された人もいたでしょう。

たとえば波平さんが帰ってきたと思ったサザエさんが「おかえりなさーい」と扉を開けた

ところに靴泥棒が入ってくる。すぐにサザエさんによって箒(ほうき)で追い立てられるのですが、人様の靴を盗まねばならぬほど人々が本当にボロボロだったときに、軽妙な笑いと皮肉を奉仕していた長谷川町子のエンターテイナーとしての力量には、心底より敬服します。

もう一人、水木しげるもあの時代が育んだ漫画家だと思います。私の愛読書の一冊でもある『水木しげるのラバウル戦記』(筑摩書房)は、第二次世界大戦の南洋の激戦地だったパプアニューギニアで兵士として過ごした日々を絵と文章でまとめたもの。自然の精霊とともに暮らす現地の人たちのことを、敬愛を込めて土人と呼び、悲惨な出来事や自らの苦労ですら冷静な筆致で綴っています。こんなふうに戦時下を捉えていたのかと、水木氏の「底なし枠なし」の感性にはしみじみ感心しますし、人間のあり方として勉強にもなります。

今のパンデミック下で我々は、ウイルスに自由を奪われこそすれ、無慈悲に頭上から爆弾を落とされたり、焼け野原に立たされたりしているわけではありません。それでも、今までとは違った生き方を受け入れていかねばならない、という意味では同じ境遇です。何かが破壊されたわけではないし、と悠長にしている場合ではないと思います。

終戦時のように泥沼のなかで、もがかなければならないような状況ではなくても、今の時代を前向きに生き延びていくには、「生きていれば何でもアリ」の心構えが必要になってくるかもしれません。苦境から這（は）い上がろうとしている我々に手を伸ばしてくれるのは、まさしくエンターテインメントです。「戦後」という時代を毅然と生き抜いた表現者たちからのヒントをどんどん参考にしていくべきなのです。

自分の根幹を強くする時期

昆虫好きの私の家には、カブトムシの幼虫が53匹います。私が飼育しているのですが、カブトムシは幼虫である時期のほうが成虫として生きる時間よりも長い。幼虫の間にいい土を食べ、丸々と太り、そして強靭なカブトムシへと成長していくんですね。

その幼虫たちを見ていると、このパンデミックの時期を土中での成長期として捉えてみるのも、一つの考え方ではないかと思えてきます。

パンデミックの先がどんな世界につながるかは、私たちの意識次第です。しかし今のこの時期は成虫になる前の準備段階であり、14世紀イタリアのルネサンスや戦後の日本のように文化が開花するための熟成期間にだってなり得るのです。

耳の痛いことを避けず、面倒なことからも目を逸らさず、この時間をいかに過ごすかによって未来は変わってくる。一人ひとりがルネサンスを起こせるかの岐路に、今、私たちは立っているのかもしれません。

今回のパンデミックで、地球に暮らす私たちは同じタイミングで成長の機会を与えられているとも考えられるわけですが、人にはそれぞれに育つ時期があり、それは育っている最中にはわからないものです。終わってみて「ああ、あのときが」と気がつくことになる。

私の場合、自分の内面の根幹をつくり始めたのは、「うちはほかの家と違う」という自意識が芽生えた3歳ぐらいからだった気がします。

父が早くに亡くなっていたので、母はオーケストラのヴィオラ奏者として働きながら、私と妹を一人で育ててくれました。ほかの家のお母さんと母の生き方は、当然違ってきます。たとえば夕方5時を告げるメンデルスゾーンの「家路」が街中の拡声器から流れれば、どこの子どもにもお母さんが迎えに来て、家に帰れば温かい夕食をその家族と囲む、といった周囲の子どもたちと私が置かれた環境は異なりました。母は夜のコンサートや演奏会でしょっちゅう留守にしていた。私が生き物を好きになっていったのは、家に帰っても寂しいだけだったので、近くの山や川で多くの時間を過ごしていたからです。

学校へ行っても、放課後も、そして休日も、日々のなかで「どうしてうちのお母さんは、ほかの家と違うのか」「なんで私がやらされていることは、ほかの子と違うのか」ということを、考えざるを得ませんでした。でも、子どものときに寂しさや孤独感と容赦なく向き合わされたことは、今の自分にとってかけがえのない大きな強みになっています。それは決して私が望んだことではありませんでしたが、私という人間ができあがる過程で外せない要素だったと思っています。

私が飼育しているカブトムシ

音楽家のシングルマザーに育てられ、私自身も漫画家という仕事をし、息子を一人で育てている時期がありました。日本以外の場所に暮らしていれば私は常に〝外国人〟です。こうした立場は人によっては弱点かもしれません。でも私にとっては、それこそが自分にとっての〝当たり前〟なのです。ほかの人と足並みが揃わないことにまったく後ろめたさを感じない人が、私の母親だったことはとても大きく影響しています。組織のなかにおいては、周囲に同調しない〝黒羊〟のような厄介な存在だったはずですが、その黒羊であることを謳歌して生きる人間が、小さな頃からごく身近にいたわけです。

この〝コロナ騒ぎ〟にも平常心で向き合えているのは、自分のこれまでの波瀾万丈な生き方のためだとお話ししました。しかしもっと遡れば、そもそもは母が私に「特殊であることに大騒ぎをしなくていい」という生き方を示してくれたおかげかもしれません。

何かを生み出し、表現することを生業(なりわい)にするような人たちは、その生きてきた過程のなかで、逃れようがなかったつらさと向き合っていた時期が少なからずあるものです。日本の戦中、戦後に不条理を経験した人たちがとてつもない創造性を発揮し、後世の読者にも響く作品をつくり上げたことを思えば、〝負〟に見えるそうした経験も必然なのかと思えます。

〝今〟という視点で見れば、寂しかったりつらかったりすることも、時間が経てばその人の強みに転化されるということは、誰にでも起きることではないでしょうか。

ガレリア・ウプパの日々

自分を鍛えてくれた時期をもう一つ挙げるなら、フィレンツェに留学して間もない頃にいつも通っていた画廊「ガレリア・ウプパ」での日々は大きかったですね。

この画廊を主宰していたのは、ピエロ・サンティというイタリアにおける同性愛文学の第一人者であり、文学界全体においても重鎮とみなされていた70代半ばの老作家でした。若かりし頃はパリに滞在し、ジャン・コクトーといった芸術家とも交流のあった知識人でしたが、イタリアに戻ってからは執筆をしつつ、細々と出版事業と画廊を営んでいました。

そこに集まってきていたのもフィレンツェに暮らす、一風変わった魅力的な人ばかりでした。貧乏な画家や作家に売れっ子の画家や作家、医者ながら文芸の知識が豊富な人、そして南米で「解放の神学」という社会主義的思想を説きながら神学運動に関わっていた神父たちなどです。作家や画家にはチリやアルゼンチンといった国からの亡命者も数名いました。

日本でそのまま大学に進学していたら会うこともなかったであろうそういった人々と、17歳の私は日々接することになりました。「マリ」に「球」という意味があると話して以来、

「Pallina（ボールちゃん。下世話な比喩的要素もあり）」と呼ばれるようになりながら……。

「ボールちゃんは、日本のことも何にも知らないのに、ただ絵を描くのが好きだからって絵描きになろうとしているらしい。絵具だけで絵が描けると思っているなんて、気楽なもんだ」

小娘だろうが容赦なく、その無知を叩かれまくりました。そして画廊に姿を見せるたびに「この本を読め、あの本を読め」と文学の洗礼を受けるようになりました。イタリア語の語彙が足りなければ「努力が足りない」とうるさく言われ、「本を読めば上達するから」と最初に渡されたのが、安部公房の『砂の女』のイタリア語版でした。

子どもの頃から本は何冊も読んできたつもりでしたが、ウプパで私は自分のもつ言論のキャパシティの狭さや言語力の貧しさを痛感させられました。私がその身にもつ辞書はあまりに薄かった。サロンにいた文化人たちが、それぞれの内側にもつ辞書のようなもの、たとえるなら『広辞苑』（岩波書店）の分厚さが何百、何千ページ級のものだとすれば、私のそれは20ページ程度に過ぎなかったのです。

それからというもの、私はまわりから「読め」と差し出された本はとにかく徹底的に読み込みました。ウプパの人たちの教養にはとても追いつかないけれど、せめて文学の知識をつけて共通言語を見出したいという思いは募っていましたし、ガブリエル・ガルシア＝マルケスやマヌエル・プイグといった中南米の文学にのめり込んだのも、そこに集う南米の亡命作家や詩人たちの影響です。付き合っていた詩人はロシア文学に傾倒していたので、読書の課題は日々増える一方でした。

留学生活が始まってからしばらくは、自分の無知や経験不足を恨みたくなるような出来事ばかりで、でもそれをイタリアのせいにして「こんなクソったれの国になんで来てしまったんだろう」と毒づいていました。しかし、経験不足にもかかわらず横柄に周囲を見下しているような、恥ずかしいほどの自分の脆弱さに気づいた以上、自分を甘やかし続けているわけにはいかなくなりました。

あの頃のウプパで教養の塊のような人たちが交わすコミュニケーションの只中に置かれたことは、私にとってかけがえのない宝です。適応するしかないと必死でしたが、なかなかできない経験だったと思います。

教養のなさを責められても、彼らには愛がありました。本を何冊も貸してくれることも、知識不足を責めたり私の意見をいちいち批判的に捉えるのも、彼らなりの私への思いやりだったと捉えています。しっかりと人を評価することはそれなりにエネルギーがいることですが、彼らは惜しげもなく私を鍛えてくれました。

彼氏である詩人も、文学や映画や社会情勢の話となると私への批判に一切躊躇（ちゅうちょ）がない。彼はまだ若かったものの、それでも私と比べればすでに200ページ級の分厚い辞書をもっているような人でした。だから、リスペクトを兼ねて好きになったわけですが、「この人との共通言語をできるだけ多くもちたい、もっと文学や映画や世界のことをしゃべりたい」という気持ちこそが私の恋愛感情だったのだと思います。

なぜ日本人の内なる〝広辞苑〟は薄いのか

ガレリア・ウプパで出会った人たちに知識不足をあれこれバカにされながらも、私は自分がもっている〝広辞苑〟のページ数を増やす大切さを知ることができました。

自分の辞書を分厚くすること、つまりボキャブラリーを増やして知識や教養を深めることは、会話や議論を豊かにするだけでなく、視野を広げ、思考力や想像力をも逞しくし、ひいては生きる力そのものを強くするということです。

この個々人がもつ内なる辞書に関して、今の日本人とイタリア人の間の比較で気になることがあります。それはお年寄りに対する認識です。

イタリアは日本に負けず劣らずの高齢化社会です。イタリアにおけるCOVID－19の感染者の拡大は、そんなお年寄りと同居する家庭が少なくないことにも要因があるとされていますが、イタリアでは基本的にお年寄りはどんな人であろうと、「分厚い辞書の持ち主」として無条件に敬う風潮が強い。

片や今の日本は、お年寄りへの尊敬の念が昔ほどないように見えます。特に文化的な分野を見ていると、若者ばかりがもて囃(はや)され、お年寄りは表に出てくることを遠慮しているような印象を覚えます。そんな社会においては自分の〝広辞苑〟が薄いことを気に留めない、というよりも薄いこと自体に気づいていない人が多いように感じるのです。

お年寄りは何はともあれ、年齢を重ねることでしか人間が得ることのできない知恵や感性をもっている。

先日テレビで見た戦災孤児のドキュメンタリーで、80代半ばの元戦災孤児のお年寄りが、親の死に目を見ても泣かなかったという話のあとで、思わず母親のお墓の前で嗚咽を漏らしているシーンが出ていました。あの涙の凄まじさは人生の重さそのものであり、長く生きてきた人は、それだけで敬われるべきものだと感じました。

小津安二郎の、戦後の日本の過渡期を切り取った映画作品では、すでに家族に煙たがられるお年寄りを捉えていますが、それでも私の子ども時代までは、地域にある種の威圧感を放っているお年寄りは存在していました。『サザエさん』にも盆栽を大事に手入れする地域のカミナリオヤジが出てきます。江戸時代にまで遡ってしまうと、そもそも人々の寿命が今ほど長くはありませんでしたが、それでも「ご隠居」と呼ばれるお年寄りたちは経験を積んだ生き字引き、分厚い辞書の持ち主という扱いを受けていたように思います。

日本でお年寄りのプレゼンスが弱まったきっかけがあるとすれば、高度経済成長期ではないでしょうか。テクノロジーの進化や外来文化が浸透していく勢いに付いていけないお年寄りの〝足手まとい感〟が、その時点で生まれてしまったのかもしれませんね。

高度成長期は、個々人の内なる〝広辞苑〟のページ数より、実体のある紙幣の枚数を増やすほうに、価値観の軸が移っていった時期だとも言えます。それこそ小津安二郎の『東京物語』から60年代にかけての家族を扱ったいくつかの作品には、その時代の移り変わりの波に乗る人と置き去りになる人が描かれていますが、あの頃はまさに日本人にとっての裕福さが、教養や知識という分厚い〝広辞苑〟を携えることよりも、経済的な成功を収めることにシフトしていった時代であり、お年寄りたちの言葉に耳を貸すより、画期的に利益を上げる事業を興す人に世間の尊敬の対象も変わっていった時代だとも解釈できます。

経済的な豊かさ、労働による成功は素晴らしいことで、それ自体を否定するつもりはありません。しかし経済一辺倒では、社会としてバランスが悪い。文化芸術、人文科学的な分野をないがしろにしていては、その文明は滅びかねないからです。

様々な感情による経験値や想像力によって構成された自らの〝辞書〟の情報量が少ないということは、先の見通しが立たないパンデミックのような問題が起きたときに、ぼんやりとした不安を自力で処理したり、巷に飛び交う情報を適切に疑ったり、ということができなくなるでしょう。つまり、流言飛語や第三者の言葉にたやすく右往左往させられてしまう。

自分の頭で物事を考えられない人が大半になったときに、社会に発生する不穏な現象がどのようなものかは、ナチズムやファシズムを振り返れば容易に想像がつくでしょう。古代ローマ時代のペストのパンデミック後に当時の新興宗教であるキリスト教に依存する人が増えたという話も思い出してください。内側の知力を自ら鍛えていくことは、生きていくうえでとても大切なことなのです。

私のまわりのイタリア人は風邪やインフルエンザなどのウイルス対策として、マスクによる防御より、ワクチンの接種で体の内側から免疫をつくることを選んでいますが、〝広辞苑〟を分厚くすることは、それと同じ考え方のような気がしますね。内側に知力という抗体をつくることで、突発的な物事にも対応できるだけの思考力を鍛えることができるわけですから。

松田聖子は「アイドル界のカエサル」

パンデミックが起きて以来、自宅にいる時間が増えたおかげで、普段なら特別意識しないようなことまで考えるようになりました。たとえば「アイドル」についてです。

母がヴィオラ奏者ということもあって、私にとって生まれたときから音楽は常に身近にあるもので、なくてはならない存在です。現在も連載中の『プリニウス』（新潮社）の共著者であるとり・みきさんとのバンドではボーカルを担当し、ボサノバやジャズなどを歌ったりもしています。

ただし音楽ばかり聴いていると、思考を働かせて「学習する」ことをなおざりにする傾向が強くなりがちです。30年以上前に安部公房が指摘していた事実については先ほど触れましたが、人は特に苦境に置かれると、考えることを放棄して、言語化が不要のエンターテインメントという易きに流れる傾向がある。もちろん、エンタメは私たちのメンタリティにとって大事な栄養素ですからそれはとてもいいことなのですが、加減が必要ではないかとも思うわけです。

そこで私のお勧めは、音楽を聴きながらの読書。または普段聴いたこともないようなジャンルの音楽を聴いてみる。適度な癒やしを得ながら、脳への刺激になるような気がします。

なお、この機会にあまり聴いていないジャンルの音楽として私が選んだのが、松田聖子さんの楽曲でした。私は彼女のアイドル全盛期をリアルに体感していた世代ではありますが、今回の自粛期間中に何とはなしにあらためて聴いてみて、彼女の歌唱力にしみじみ感動したのでした。日本での学生時代はまったく歌謡曲を聴かなかった私にとって、衝撃的な発見でした。そして、彼女のカリスマ性があれだけのファンをつくり、女性たちに強い影響力を与えた、アイドルという社会現象が気になり始めたのです。

実は今に至るまで私は、アイドル、というものをもったことがありません。まわりの友だちが騒いでいたような男性の有名人にはまったく興味が湧かず、それは今に至ってもそうです。何がどうしたら、テレビの画面のなかにいる人に対して、心躍らされるような気持ちになれるのかがさっぱりわからない。人として何か重要な感情が欠落しているのではないかとすら思ったこともあります。こういうことは、パンデミックの自粛期間に考えるにはうってつけでしょう（笑）。

たとえば今のアイドルたちは一様にグループ編成となっていますが、松田さんが連日テレビの歌番組に出演していた昭和のアイドルは、たった一人で人前に立ち、自分の歌唱力だけで歌うことが求められていた時代です。群棲のアイドルと単独のアイドルの精神性の違いや、ファンの思い入れの差異など、気になることはたくさんあります。

単独アイドルである松田聖子さんは、ほかのアイドルと比べてどこか一歩成熟した意識をもっているように思えるのはなぜなのか。動画サイトを何度も見ながらわかってきたのは、彼女はファンの求める〝像〟に忠実でいながらも、自分がもって生まれたルックスの影響力を客観的によくわかっていらっしゃるということ。

往年のヒット曲「小麦色のマーメイド」（松本隆作詞、呉田軽穂作曲）における「ウィンク、ウィンク、ウィンク」という歌詞のくだりでの小さなウィンクは、あのつぶらでありながらも吸引力のある目でなければ成し遂げられないものです。外国人はよくウィンクをしますが、それとはまったく別物です。あのウィンクを含む彼女のアイドルとしての表現力、人心に強く訴求する政治力は相当なものです。時に頼りなげだったり、色気があったり、天真爛漫だったり、ころころと変わるあの表情と歌声は松田聖子という人の弁論力です。歴代、カリスマ性をもち多くの支持者を得ていた歌手たちは、おそらくみなそういった歌唱による弁論力を備えていたと言えるかもしれません。自分の歌でローマ帝国を統治しようと考えていた皇帝ネロなんかが見たら、それはもう悔しがったことでしょう。

なぜ松田聖子のようなアイドルが今生まれないのか

ではなぜ今、松田聖子のような多元的な〝歌唱弁論力〟をもったアイドル歌手が生まれないのでしょうか。

まず現代の傾向として、アイドルの形がAKB48などに代表されるようにグループへと変遷したことがあります。ソロからグループへの推移は、アイドルに限らずほかの分野でも見られることで、時代の移り変わりを非常によく映していると思います。

まず、かつてのアイドルのように一人でステージに立つ場合、その歌手は「絶対に間違えられない」という緊張を一身に纏います。ソロで活動していれば、人の求める期待に応えなければならない、というプレッシャーをすべて一人で背負わなければならないわけです。言わば昭和のアイドルたちは、そうした経験を積んできた人たち。同じような緊張感を強いられる仕事は、ほかに政治家か単独競技のアスリートくらいかと思います。

ところが今では、大勢のグループで歌い踊るスタイルがアイドルの主流です。誰かが歌詞を間違えても一人で歌っているときほど目立ちませんし、メンバーのほかの誰かがフォローしてくれるかもしれません。言わば責任分散型ですね。リスクヘッジがよく利いています。

しかし、ここがカリスマ性をもったアイドルが生まれるか否かの分かれ道なのです。

責任を分散できるグループでは、それぞれがステージ上でやらかす失敗を背負う度合いもいくらか薄らぎます。街中を歩いていて一人で転ぶのと、仲間と一緒のときに転ぶのとでは、恥ずかしさの度合いが違う、あの感覚と同じでしょう。

昭和のアイドルは人前でとんでもない恥をかいても、一人でそれを回収しなければならなかった。ちょっと目立つようになればバッシングを受け、カミソリ付きの手紙を送られたりといったリスクがあるかもしれない。彼らのなかには、一般社会で普通に生きていては感じることのない緊張感や恥辱、そして不安といった様々な感慨がたっぷり蓄積しているのです。そして、そうした感慨のスパイスを調理に生かすスキルが、人々を魅了する存在になれるかどうかの決め手なのかもしれません。

私自身は松田聖子さんを直接存じ上げませんけれど、歌謡曲をとことん嫌悪していた私の母が、「松田聖子さんは好きだ」と言っていた理由が、今回の〝自粛アイドル考察〟でわかったような気がしました。

一匹オオカミよりもグループ

「ソロからグループへの変遷」は、漫画の世界にも言えることです。

たとえば昭和の時代に人気を博した漫画といえば、『あしたのジョー』（高森朝雄〔梶原一騎〕原作、ちばてつや画）、『タイガーマスク』（梶原一騎原作、辻なおき画）、『仮面ライダー』（石ノ森章太郎）といったものがあります。

ここでお気づきかと思いますが、これらはすべて〝単独ヒーローもの〟でした。

一方、近年人気の漫画作品はほぼすべて〝グループもの〟です。『ＯＮＥ　ＰＩＥＣＥ』（集英社、尾田栄一郎著）もそうですよね。それから『進撃の巨人』（講談社、諫山創著）に『ＮＡＲＵＴＯ－ナルト－』（集英社、岸本斉史著）も。物語のなかのメインキャラクターは設定されているものの、活躍するのはグループです。そしてグループになったことで、たとえば敵と戦う際の役割や特技が分散化されています。

人気というものは、人々が何を求めているかを表した一つの指標とも言えますが、今の時代、漫画は「皆でやる」というスタイルの物語でないとウケないのだそうです。昭和の子どもたちが胸を熱くした、一匹オオカミの孤児のヒーローは、今や若者たちが感情移入できないものらしい。

ヒット作にここまで顕著に出ていると、「そういう時代になったのだな」と世の移り変わりを感じざるを得ませんよね。かつては孤児という立場など、子どもの頃から家族に恵まれず、いつも一人で修羅場に立ち、苦境に追い込まれ、恥をかきながら、苦しみもがきながら、涙を飲みながら、一人で奮闘するという人に、誰もが憧れました。車寅次郎にしても、まわりに個性的なキャラクターが配されているとは言え、一匹オオカミ型のヒーローだと言えます。

というふうにコンテンツの変化から見ても、現代は〝ゆるい〟ほうにシフトしているのだと思います。そしてグループを求める傾向には「間違えないように」、「失敗しないように」といった現代の社会そのものを覆う行動パターンの力学が働いているような気がする。

昭和のあの頃、単独アイドルや一匹オオカミが受け入れられていたのは、戦後の日本社会に満ちていた熱くエネルギッシュな復興力が、まだ生きていた時代だったからなのかもしれません。

「恥辱」は最良の笑いのネタ

新型コロナウイルスのパンデミックのなかで、あらためて漫画家というのは特異な職業だなと感じています。引きこもって仕事をするという働き方もそうですが、職業に対する理解者がたくさんいるかと思えば、一方には偏見があることも感じるからです。

実はイタリアでは、漫画は〝ブルーカラーのためのもの〟といった捉え方をいまだにしています。アメリカのマーベル社のコミックスはまさにブルーカラー階級の需要を狙って出版されたものですが、芸術大国のイタリアでは、特に年配者を中心に「金稼ぎの材料として大量に印刷される絵は邪道だ」と思われている節がある。イタリアにいると、人から職業を問われて「漫画家です」というと「いや、だから本職は？」と問いただされたり、「せっかく油絵を学んでいたのに、なんで漫画を描くようになったの？」という質問を受けたりするのがその典型です。

ところがお隣の国フランスでは、ルーヴル美術館において2016年に「ルーヴル№9〜漫画、9番目の芸術〜」という企画展が開催されるほど、漫画は芸術の一つとして社会的に認められています。この展覧会には私も「美術館のパルミラ」という、シリアの現状を扱ったセリフのない作品を出させていただきました。ちなみにほかの八つの芸術というのは、絵画、音楽、文学、建築、彫刻、演劇、映画、メディア芸術というものです。

もともとフランス語圏には『タンタンの冒険旅行』シリーズ（エルジェ著）など、「バンドデシネ」と呼ばれる、日本の「マンガ」とはまた違ったスタイルの漫画が発達しています。「大量生産をしない、純粋美術が最も高尚である」という考え方が強固なイタリアとは、漫画をめぐる文化的背景が違っているんですね。

純粋芸術に肩を並べるほどの野心は抱いていませんが、先述した『サザエさん』のように、漫画が提供する「笑い」は時に大きな励ましになると私は思っています。そして個人的にも、ただカタルシスを得るだけでない、生きる力をもらえるような笑いはとても大事だと考えているのです。

特にパンデミックのなかなど、疲れた心に笑いは必要ですよね。

先日SNSを見ていたら、YouTubeに投稿されている動画が目に留まりました。とあるニュージーランド人の男性がリコーダーで映画『タイタニック』（ジェームズ・キャメロン監督）のテーマ曲を演奏しているというものです。

実はこの動画、10年ほど前に友人の漫画家・羽海野チカさんに教えてもらったものでした。『テルマエ・ロマエ』の著作権に関する炎上騒ぎのなかで落ち込んでいた私を、「マリちゃん、これを見て元気を出してね」と励ましてくれたのです。

その動画を久しぶりに見たわけですが、死ぬほど笑い転げました。話していても思い出し笑いをしてしまうほど、面白い。随分と長く世に出回ってきたのに、いまだにこれほど笑えるのか、と感心しているほどです。

すでにご存じの方もたくさんいるかもしれませんが、ざっとこの動画の説明をいたしますと、シャツのボタンが腹部ではちきれそうになっている、ブロンド、ロン毛のふくよか体型の男性が、小学校などで私たちも懸命に練習させられたあのリコーダーを吹きながら、街を見下ろす高台や波止場、キャンドルライトに照らされた食卓など、様々な美しいロケーションでドラマティックなポーズを決め続けます。

しかし、肝心のリコーダーが壊滅的に下手クソなのです。ドラマティックでエネルギッシュなポージングとは裏腹なヒョロヒョロとした頼りない旋律。クライマックスにいくほどそのギャップはエスカレートしてすごいことになっていきます。「リコーダー タイタニック」と検索すればすぐ出てきますので、未見の方はぜひご覧ください。

とにかくそこにあるのは、みっともなさのオンパレード。素晴らしいセンスです。私自身も、自分や家族の恥ずかしいことをギャグ漫画に昇華し、義父母や夫から「なんでこんなこと公表してくれたんだよ。もう日本に行けないじゃないか！」と顰蹙を買うこともあるわけですが、思い出したくもないみっともないことやつらいことは、実は時間の経過とともに熟成されると、他者を元気にできる最高の笑いのネタになるものなのです。と同時に、自分を俯瞰できる補強のエネルギーにもなる。あのリコーダーの彼はきっとそこまで考えていないと思いますが（笑）。

どんなに恥ずかしい過去だって、顧みたときに〝笑い〟という表現に変えていけばいい。自分の恥辱もカッコつけて隠したり、無理に蓋をしたりするより、笑い飛ばしてしまったほうがかえって楽だと思うんですよね。私は少なくともそうやって、自分のなかに毒素を溜め込んだり、発酵させたりしないようにしています。

テルマエのヒット後、エッセイをたくさん執筆するようになったり、テレビの仕事が増えたりしてから、全国各地に講演会で呼んでいただくことも増えたのですが、お笑いの聖地、大阪に行くと、会場に集まる方々のリアクションが明らかにほかの地域とは違います。

　まずステージの前のほうに座っている方々の多くが、私の言葉にいちいち反応している様子がよくわかる。ふむふむと相づちを打ちながらも、〝オチ〟を期待して身構えて聞いている姿を見ていると、落語家でもない私もつい「よし、ここで話を一回落としてみるかな」というチャレンジ精神が出てきます。それがすごく楽しい。私の過去の恥ずかしいこともこれだけウケる話になるのかと思えば、楽しい気持ちになるというものです。恥辱に感謝です。

　講演会が終わって会場の裏口から出ようとすると、出待ちをしていたおばちゃんが「良かったよお、あんたっ！」と背中をバーンと叩き、「ま、今日は80点くらいやな！　ガハハ」と感想を言っていただけるのもありがたい。精進しようと思うわけですよ。

　講演の内容がなんであれ、皆さんに笑ってもらえるのがわかると、とても勇気づけられます。自分の職業ってなんだったっけ、と思うくらいの達成感に満たされます（笑）。

ゴールが決まっているコンテンツ事情

戦後の日本が憧れた「一匹オオカミ」に連なる人だと思うのですが、世界を旅したジャーナリストである兼高かおるさんは、紀行番組の草分けである「兼高かおる世界の旅」をすべて一人で撮影し、編集もご自分でされていたそうです。

ご生前、対談でお会いしたときも「ディレクターは一緒に行くけど、彼らに私が撮ってほしいものはわからなかったりするでしょ、だからカメラも全部私がやっちゃうの」と可愛らしく微笑みながらおっしゃっていました。だからこそ、あの番組があれだけの説得力をもっていたのかと納得しました。「海外の事情を映像で訴えたい」というストイックなまでの一人の思いが、テレビの画面から視聴者にも伝わってきていたわけです。

そして現代。BS放送を含めると旅番組の数は随分と増えました。海外をロケする番組にはプロデューサーがいて、ディレクターが企画を決め、カメラマンがカメラを回します。ナビゲーターとしてタレントが出演するときもある。そんな編成が定番だと思います。

そのチーム体制が機能するときもあるかもしれません。しかし子どもの頃、日曜の朝に「兼高かおる世界の旅」を欠かさず見て、その血が通ったレポートぶりに触発されていた私としては、紹介する国の良さを実感しているふうでもない、ただそこにいるだけというアプローチのナビゲーターが番組に出てくると、「このタレントさんを使わなきゃいけない事情が果たしてあったのだろうか」と制作側の事情を思い浮かべてしまいます。

戦後間もない日本には、コマーシャルの世界でも巨人がいました。コピーライターの元祖とも言える、作家の開高健さんです。作家として生活ができるようになる前の彼は壽屋（現サントリー）の宣伝部に所属し、数々の名コピーをつくっています。

古代ローマ時代のラテン語の格言に由来しているものですが、「悠々として急げ」といった彼の言葉からは、難しいことは言わないけれど実直な人から発せられた言葉のような、哲学的なメッセージ性を感じさせられます。あれだけのハイスペックな作家が商業コピーを書いていた時代があったことも、素晴らしいですね。

紀行番組もコマーシャルの世界も、発信する側が高い水準のものを提供することで、受け手側の一般の人もそれについていこうと頑張っていたところが、かつての日本にはあったように思います。メディアがつくり出すコンテンツから知的触発を受け、そこから視野が広がって、何か考えさせられるような時代というのが、かつてはたしかにありました。

それが現代ではどうなっているのか。私の実感から言えば、クリエイター側もあらかじめ「ゴールが決まっている」ような発信を意識している印象があります。一般の人にとって「わかりやすい」ものを想定し、受け取りやすいイメージに合わせてコンテンツをつくろうとしている、とでも言うような。そのアプローチには、視聴者や読者のレベルを低く見積もってしまう危うさがあると思いますね。制作者にその意図がなくても、こう言っちゃなんですが、受け手を舐めているような発信の仕方にも見えます。

20年前、地方局でテレビのレポーターをしていたとき、やたらとラーメンとカレーの特集ばかりやるので「もっと珍しいものにしたほうが」と提案をしたところ、「いや、これじゃないと視聴率取れないから冒険はしたくない」と返され、それはあんたたちの先入観なんじゃないの、と感じたことがありました。あの違和感はいまだ払拭されていません。

誰かが考えた通りのもの、想定したイメージのもの、最初からゴールが決まっているようなものを世のなかに発信していても、化学変化は起きません。「思いもかけないことが起きてしまいましたね」という展開があってこそ、文化的なルネサンスが起きるのです。

もう一つ歴史に学ぶならば、イタリアのルネサンスが始まったときには、その「思いもかけないこと」を許容するスポンサーがいました。芸術家たちに惜しみなく資金を提供したフィレンツェのメディチ家です。そのエネルギーと寛容性がなければ、ルネサンスは成功していなかったかもしれません。

メディチ家はもともと教養のある家柄ではありませんでしたが、メディチ家の紋章にも残っているように薬を売るようになり、金融業に手を出し、どんどん成功していきます。ペストのパンデミックがヨーロッパを席巻した14世紀後半の頃は、銀行業で成功を収めたジョバンニ・ディ・ビッチ・デ・メディチの代です。彼は端的に言うと、欲しいものに貪欲な「成金」だったと思います。

そして、このジョバンニの息子が、やがて「祖国の父」と称されるような芸術の大パトロンとなる、息子の大コジモ・デ・メディチです。彼がメディチ家当主になった時期にはパンデミックも落ち着きつつあり、このときに表現者たちのなかに蓄積していたものすごいエネルギーが、堰(せき)を切ったように文化のなかに注入されることになります。

現在、雑誌『芸術新潮』に連載している「リ・アルティジャーニ」では、日本での知名度は低いけれど、この時代を築き上げていったという面で絶対に特筆すべきだと私が判断しているルネサンスの画家たちを取り上げているのですが、コジモはそうした多数の芸術家たちに、既存の枠に収まることのない創作と、生活のための資金を与えていきました。

何が起きるかわからないほどの文化的興隆が生じるのは、人間が凄まじく大きなダメージを受けたあとだということは、歴史においても証明されているのです。凄まじいダメージを受けた人々の精神には諦観と開き直りが生まれます。そしてその先で、人生は決して自分の思った通りにはならないという事実や、物事のゴールは必ずしも決まっていないという真理に気づかされ、それが革新的な思想だったり、形式に囚われない表現の自由を生み出すパワーに転換されていくのです。

人生は思い通りにならない

私は『テルマエ・ロマエ』の第1話で、古代ローマの設計技師ルシウスが最初にタイムスリップした日本の銭湯を、1977年に設定しました。その後連載が決まり、編集者のアドバイスを受けてタイムスリップ先の舞台を現代に移したので、初回だけ設定が昭和50年代の東京になっています。

ルシウスのタイムスリップ先を昭和に設定したのは、あの時代なら風呂から突然外国人が現れたとしても、「変な外人さんがいる」と、なんだかんだでまわりも受け入れると思ったから。あの当時は、寅さんや「トラック野郎」シリーズ（鈴木則文監督）の星桃次郎のような素っ頓狂な人が映画の主人公になっていた時代で、戦中戦後に人々が向き合わされた、何も思い通りにならない現実や社会の無秩序の経験が、まだ人々の中に生きているように感じられたからです。現代であれば、風呂からいきなり外国人が現れても人々は見て見ぬ振りをし、その後ＳＮＳに「風呂から突然外人出てきた、ヤバイ」みたいな書き込みをして終わるのかもしれません。

その世代の人たちの「世の中は思い通りにならない」「何があっても落ち込まない」のレベルには瞠目（どうもく）すべきものがあります。子どもの頃に壮絶な経験と向き合ってきた戦中世代のおばあちゃんたちには、「落ち込んでなんぼ」の精神が宿っていて、大概のことでは動じません。多少の失敗をしたところで、「だからなんだってんだよ、どうってことないじゃないか、そんなこと！」とダイナミックな解釈を展開していく様を、私は傍で目撃してきました。

戦争を経験した世代の日本人の多くは、国土が焼け野原となって、何にもなくなったところから木の根をかじって飢えを凌（しの）ぎ、這い上がってきた人たちです。うちの母も戦前、裕福な家庭で育った深窓のお嬢様でしたが、戦争でいきなり何もかも失った人です。あまりに理不尽な環境の変化ですが、当時の人は大なり小なりそのような経験をして「人生は思い通りにならない」という洗礼を浴びたのです。

しかも自然災害のような天災でなく、人間が起こした戦争という、非常に不条理な事態によってそれが引き起こされた。誰かの指図で命の選択がなされ、何も悪いことをしていなくても「おまえは死んでいい」と人々は一方的にジャッジされてしまったのです。

何の倫理も意味をなさない、そんな現実に向き合うしかなかった人々は皆、「生きるって何なんだ」という、宗教者か哲学者が深く追究するような根源的な問いを、おそらく一度は考えたことがあるのではないでしょうか。少なくとも女学生だった母は考えていたようです。

パンデミックというまったく違うものを通じてではありますが、今の私たちも、不条理な理由で死ぬかもしれないという危機感を身近にした時代にいます。戦中、戦後のように木の根をかじって生き延びる状態とは異なりますが、目に見えない微小なウイルスに対して、想像力を使わなければ、そのリスクを管理し、状況を理解することができないという難易度の高いハードルを与えられているのです。

そんななかで「人生とは思い通りにならないもの、どんなことでも起こり得るもの」という母たち世代の考え方は、一つのヒントになるように感じています。実際に私自身もその考えを受け継ぎ、それを基本軸として、これまでの人生をサバイブしてきました。

私たちは家族にしても、結婚や子どもの生き方にしても、そのあり方を「普通はこうあるべき」と世間でつくられたマニュアルを軸に考えてしまうところがあります。そのために、たとえば母親が自分の思う通りに動いてくれなければ、その子どもは「母親らしくない」「母親のくせに」などと寂しさを募らせます。また親は子どもに「せっかく育ててあげているのに、ちっとも親孝行してくれない」と腹だたしさをぶつけるようになる。学校でいじめられれば「なぜいじめられるようなことをしたの」と弱者である子どもでなく、社会の側につく親も少なくありません。無難な既成概念にすがり、まわりと比較をし、自分の思い通りにならないことに腹を立てるのです。

しかし、落ち込み続けることは最終的に時間の無駄で、何の解決にも結びつかないという姿勢を確立していた母の生き方を見てきた私は、「この世界で生きていく限り、どんな思いがけない展開もあり」という心構えを前提に生きていくべきだと思っているわけなのです。

そんな私も、母が認知症の兆候を見せ始めたときは、「お母さんどうしたの、しっかりしてよ！」と彼女を責めてしまいました。母と言えば聡明な人、というフォーマットができ上がっていたので、そのあり得ない展開に動揺したのです。今は深く反省していますが、その反応も、きっと自分の思い描く母の姿との乖離を受け入れられなかったからだと思います。

現代の日本は「不条理」をはじめ「失敗」も「屈辱」も生きていくうえで必要のないもの、知らないほうがいいもの、という社会環境になっています。でもそれは、人間が本来もっている強さや臨機応変性や適応能力を脆弱化させていくことになる。「人生とは目的を掲げ、それを成就するための計画を練り、全うできるように頑張るのが正しい生き方」「夢や希望にむかって突き進む人は美しい」という思い込みに囚われてしまうと、様々な事情でそうならなかったときに、自分に大きな失望を抱くなど、大変な思いをすることになるでしょう。家族の期待に応えることも喜ばすことのできない自分を恥じ、社会に適応できない自分を恨み、自らを追い詰めてしまうことにもなりかねない。

しかし、そもそも人間の人生とは思い通りにならないものであり、どんな顛末も現象も起こり得るということを理解していれば、もっと楽に生きていけるはずなのです。パンデミックのストレスなのか、昨今、多くの人が小さなことに深く悩んだり誰かを傷つけやすくなっている傾向が強くなっていますが、切羽詰まった時、社会も人間もそう思い通りにならないのが人生だ、と思い出してみるだけでも、いくらか前向きになれるはずです。

まあ、たしかに私のように「人生は思い通りにならない」をデフォルトにしていると、素敵な出来事があっても疑念を抱き、斜めから見るようになって、なかなか諸手を挙げて喜んだりできなくなってしまいます。漫画がヒットしたときも、賞をもらって大勢の人から祝福されたときも、「いやいや、これは何かがおかしい。喜んじゃいけない」と訝しんでいましたし、子どもからも「どうするのさ、こんなことになってしまって」と不安がられてしまいましたが、今となってはもう少し素直に喜んでおけばよかったかもしれません。

第4章
パンデミックと日本の事情

近所にある
お寺のお地蔵さん

日本語の飛沫リスク

春の時点で「日本の感染者数が他国と比べて突出して少ない」と国内外で話題になったとき、それを「ジャパンミラクル」と形容する専門家をテレビで見かけました。その後、この「ジャパンミラクル」という言葉はネットでも目にするようになりましたが、要するに「日本の感染予防対策が成功している」というわけですね。

しかし、日本だけが起こし得た特別な〝奇跡〟なのだろうかと、私はこのミラクルという捉え方に違和感を覚えました。そもそも検査のシステムは一律でなく、国によってその対応もまったく違っていました。たとえばＰＣＲ検査実施人数だけでも国によって大きな差異があるなかでいきなり奇跡扱いはないだろう、と思ったわけです。実際、日本における感染者数の少なさは、私の目からしてみれば、日本人の習性が大きく影響しているのであって、ミラクルだとは思えない。

このウイルスは世界のなかでも、日常的にハグやキスなどの習慣があって、人との距離が近く、家族のつながりも濃厚な文化圏で感染のリスクが高くなっています。ある意味「人間味のある生き方」をしている人たちの間で感染が拡大しやすい。それに、海外を旅した人ならわかると思いますが、衛生面の捉え方も違う。

昨今の日本人はとにかく清潔への意識が高い。あらゆる洗剤に「抗菌」という表示がなされているし、携帯用の除菌ウェットティッシュに至っては、パンデミックの前からみんな普通に使っていました。トイレのあとには必ず手を洗うし（欧米ではこれを怠る人が結構多い）、「便器には洗浄機能がついてなきゃイヤ」と言う人もいる。80年代くらいまでは、汲み取り式の便所がまだ都市部の一般家庭にもありましたし、抗菌製品もこんなに普及していなかったというのに、いつの間にか日本は清潔大国になっていたのです。

もう一つ注視したいのは、日本人の入浴の習慣です。海外暮らしの長かった私は、「日本ほどお風呂によく入る人たちはこの世に存在しない」ということを痛感しました。遡れば古代ローマ人がそれに匹敵しますが、現在のイタリアでは、あの時代のように入浴を必然的な生活習慣として捉えている人はほぼいません。

6000万もの人口を抱えていたと言われる古代ローマは、公衆衛生の発達による国力維持の重要性がわかっていたのです。実際に下水道というインフラの発達は、古代ローマを支え続けてきた重要な要素でした。『テルマエ・ロマエ』を通じて、私はそうした時空を超えた公衆衛生の意識の共有という点も描きたいと考えていました。

なお銭湯のような存在が、日本の街角からどんどん姿を消しているのはなぜかといえば、その背景として、昭和から平成にかけて著しく発達した日本人の衛生観念が、日常の人と人との付き合い方にまで影響を及ぼしたからだとも思えます。

人と交流するより家に一人で引きこもっていたい、直接人と話すよりオンラインゲームやデジタルデバイスを介して付き合うほうがいい、と考える人も、日本には一定数いますよね。イタリアやスペイン、ブラジルなどのラテン系の国に比べると、日常的に人と接する欲求が希薄な人がかなり多い印象も受けます。

「自粛で最もつらいのは、外に出ていろんな人とハグできないこと」

「家族や友人、隣人にタッチできないことが、ここまでつらいとは思わなかった」

パンデミックが始まってからブラジルの人たちに取ったというアンケートの回答には、こんなコメントがありました。

ラテン系の国の人たちは、盛んにスキンシップを取ります。そして彼らのように、日頃から濃厚接触習慣が身についている国民性が、感染者数の多さに関係している可能性が高いと思わざるを得ません。

これはあくまで経験からの私見ですが、日本人は欧米人と比べると小さな声で静かに話す人が多いですし、私は普段イタリア語と日本語、時々ポルトガル語と英語を使いますが、それらと比較してみると、日本語の発音自体、飛沫を飛ばしにくいもののように感じます。

破裂音や濁音など、言語の音には種類がありますが、海外の人に「日本語はどう聞こえますか」と尋ねたところ、「はひふへほ」の音がとても印象的なのだそうです。フランス語などもそうですが、イタリア語には「H」の音がありません。なのでイタリア人には「は行」の発音は至難の業。「ほっかいどう」は「おっかいどう」に、「はるこさん」は「あるこさん」になってしまいます。

そしてこの「はひふへほ」、唾がほぼ飛びません。試してみてください。

でも「ぱぴぷぺぽ」と破裂音になると飛沫が出る。では次に、イタリア人が毎日何度も使う言葉「バッボ！」「パパァッ！」（どちらも父親という意味）、「ヴァ・ベーネ！」（OKという意味）と声に出してみてください。同じく大変お下劣でありながら、頻度の高い罵り言葉

「ヴァッファンクーロ！」（訳すのも憚られる罵声）も試しにどうぞ。どれも飛沫が飛びまくりだと思います。

日本語のほかに飛沫が飛びにくい言語として思い浮かぶのは、タイ語やベトナム語といったアジア圏のいくつかの言語です。イタリア人の夫とこの話をすると「信憑性がない」と笑われますが、まったく関連性がないとはいえないと思います。イタリアの家族は昔からの習慣で、親族集まっての昼食会をよく開いていますが、何度かその会を通じて、インフルエンザや風邪が広まったことがありました。

私もその会で何度かインフルエンザに感染していますが、多少発熱していようが、咳き込んでいようが、マスクはもちろんせず、しかも狭いテーブルを挟んだ対面でご飯を食べながら、言葉をかぶせるように大きな声でしゃべりまくる。多世代で暮らす家族が多いイタリアでは、食事の場に高齢者が同席することも多く、あの様子をイメージしただけで今年3月から4月にかけてのイタリアでの感染爆発には納得がいくものがありました。

イタリアだけにとどまらず、アメリカ、ブラジル、スペインと、このウイルスはまるで、人と人とのコミュニケーションの密度が高い文化圏を狙い撃ちしているかのようです。

日本人のコミュニケーションのスタイルは、その真逆ですよね。お互いの間にある空気を読んだり、言葉を介さず相手の気持ちを察したり、「あうん」の呼吸を重んじたりと、人に直接触れずに距離を取り合うような文化がある。こうした習慣が、ウイルスの感染率と無関係だとは思えないわけです。

スキンシップが密な文化と互いに距離を取り合う文化と、そのこと自体で優劣がつくものではありませんし、どちらにも長所、短所があります。感染者の少なさを「日本の奇跡だ！」と解釈するよりも、そうした文化風習の違いを把握して状況を客観視したほうが、感染対策への理解も深まるというものではないでしょうか。

日本美術の「疫病」と民主主義

ヨーロッパの人々の疫病のイメージは、西洋美術の「死の舞踏」に代表されるように「大きな鎌を振りかざして人々を懲らしめる死に神」といったものです。では、日本の美術ではどのように描かれていたのでしょうか。

ＮＨＫ「日曜美術館」（４月19日放映「疫病をこえて　人は何を描いてきたか」）で、美術史家の山本聡美さんが取り上げていた「融通念仏縁起絵巻」がとても日本らしさを感じる興味深いものでした。

絵巻の内容を説明すると、「疫病退散」の念仏を唱える人々がいる寺の道場に、疫病を形容した妖怪の一群が押しかけ、門番と顔を見合わせて話をしています。妖怪は門番から念仏を唱えた人たちの名簿である巻物を見せられ、何やら納得している様子。疫病そのものが念仏の功徳を認め、「わかった。この念仏をあげた人たちには害を加えまい」とした顛末を描いたものでした。

その絵は、平安時代末期に融通念仏宗を開いた良忍というお坊さんの業績を伝えるために描かれたもので、絵巻そのものは15世紀初頭に制作されたとのことでした。

残虐に人を殺す死に神と、人間と対等にネゴシエーションをして納得する妖怪。面白い対比ですよね。その妖怪の姿を見ながら、日本における疫病は森羅万象の一つで、その蔓延は自然の現象として捉えられていたことが見えてきました。

天災大国の日本では、実は疫病に対してもむやみに争うものでもない、という感覚が、人々の意識の奥底にあるのではないか。妖怪たちの絵巻と日本における新型コロナの向き合い方を考えると、どうもそんな気にもなってきます。パンデミックが始まって以来、躊躇なく竹を割ったように真っすぐな対策を断行する国がある一方、日本政府の足取りは定まり切らず、進め方が遅く、決定事項の背景は不透明だし、融通が利かないようにも見える。政府は審議から決定、発表に至るまであらゆる手続きを踏まえていることと思いますが、他国の政府との違いを見ているうち、一つの根本的な疑問が湧きました。

果たして、西洋式の民主主義は日本に向いているのだろうか。

言うまでもなく日本は民主制の国ですが、その体制のなかで政府が行おうとする感染予防対策に、どうしても不自然さと違和感を覚えてしまうのです。様々な国で民主主義を見てきたのも要因なのかもしれませんが、疫病を妖怪として、もしくは自然の一つとして捉える感性が、おそらくまだ残っていた明治時代からそれほど時間が経っていない今の日本で、紀元前に発生し、西洋合理主義を軸に発達してきたデモクラシーは本当に浸透できうるものだったのか。そんなこと、今まで考えたこともありませんでしたが、パンデミック下に及んで初めて気になり出したのです。

妖怪といえば、疫病を退散させる妖怪「アマビエ」も非常に日本的ですよね。新型コロナに対する厄除けのモチーフとしてSNSでもメディアでも話題になりました。私も〝ルネサンス時代のデッサン風のアマビエ〟を描きました。このイラストをイタリア家族やアメリカの友人に送ったら「へえ」という素っ気ない対応で終わってしまいましたが、あれなどは日本での疫病の捉え方を象徴する現象だったと感じています。

「民間にこうした風俗的特徴が色濃く残っている日本」という視点で政府による一連の対策を見ていると、無理に西洋式の民主主義の考え方やアプローチを取り入れて、自分たちをそこに押し込めたあげくに戸惑い、素早い行動ができなくなっているようにも思えます。それがゆえに慎重になって石橋を叩き過ぎ、首相は頭のなかの言葉ではなく、紙に書かれた文字を読み上げるしかなくなる。そもそも、世間体という実態のない戒律がこれほど力をもち、「空気を読め」「でしゃばるな」などと言動が規制されまくる国で、個々の独自性と主張する意欲が必須とされる政治形態が適応するわけもありません。

実は私たちは今、自分たちの等身大のあり方を見直すための時間を与えられているのではないでしょうか。

民主主義とは参加することである

パンデミックが始まって以来、様々な論客の発言を聞いたり、読んだりしていますが、京都精華大学の学長、ウスビ・サコさんのインタビューはとても興味深い内容でした。外国人でありながら日本の教育現場に携わっている彼は、そのなかで「日本人は指示を待っている」という指摘をしています。たしかに日本の人は、自らが政治を知ろうと思うよりも、政治家が何か言ってくれるのを待っているところがある。しかし、その待ちの姿勢では民主主義は成立しません。民主主義というのは社会の全員が政治に参加するもので、そのため一人ひとりには政治の構造への理解も求められます。

自粛期間中、ツイッター上で「#検察庁法改正案に抗議します」というハッシュタグが一挙に広まり、検察官の定年延長を可能にする法案の成立が見送られた事例がありました。若手の芸能人たちも多数参加するなど、ある意味で象徴的な出来事でしたが、「わかってもいないくせに、口を出すな」などと反応する人が少なくなかったのも印象的でした。

「口を出すな」という反応は、民主主義の仕組みを理解していれば、本来出てきようもないものです。芸能人である前に、民主主義に参加する一般市民、一人の人間であることは当然の理ですから。思想を熟成させていくための批判は無論欠かせません。それなのに「あの人があんなことを言うとは」などと、言論の自由を抑えてしまえば、その時点で民主政治は機能していないことになります。

この検察庁法改正案は、特定の人物の定年延長のために強引に進められていた印象もあり、私も危機感を覚え、普段はめったにしないハッシュタグまで付けて、抗議の投稿をしました。

私がなぜ危機感をもったかというと、イタリアに〝ベルルスコーニ〟という前例があったからです。彼は賄賂など、様々な犯罪の刑事訴追から逃れるために、ことごとく憲法を改定していった首相でした。彼がイタリアに君臨していた9年間は、もはや国民にとってトラウマにもなっています。ちなみに、為政者が自分にとって都合のいいように憲法や法律を変えることは、カエサルの時代からあることで、何も新しい話ではありません。

そして、日本のこの検察庁法改正問題に対する首相や政府の答弁のとぼけ方も興味深かった。「いえいえ、そんな邪(よこしま)な意味はないです。高齢化に向けて定年年齢を延ばさないといけませんから」ときて、最終的には「皆さんの理解を得られるように丁寧に説明を……」といつもと同じパターンで括られる。たとえ邪な意図がなかろうが、丁寧に説明を尽くそうが、曖昧にしておけば国民はそのうち忘れるはず、という態度自体が、国民を舐めているようにしか感じられない。この「曖昧にしておけば忘れるはず」作戦は様々な案件に用いられているのに、国民はそれに気づいていても、ガミガミ言うわけでもない。これもまた日本ならではかもしれません。

ベルルスコーニ元首相の場合、イタリアでは国民もメディアも、彼のことを完全に「悪党」だと認知していた。堂々とベルルスコーニの悪事を取り上げ、批判するメディアがあった。子どもの前でベルルスコーニの批判をできる家庭環境があった。イタリアにおけるあの9年間は悪夢でしたが民主主義はしっかり機能していました。

西洋化の歪みと「犬かき」

コロナ対策から垣間見えてきたのは、日本ではそもそも民主的なリーダーが求められているのか、という側面です。政策決定が二転三転するときでも、「まあ、なるようにしかならないから」と、国民の側に諦観というか傍観というか、どうも政治との間に冷めたものが漂っているように思えてなりません。選ぶ側がそのような姿勢では、デモクラシーはいつまでも成立しないでしょう。

かつて日本は、西洋の列強国の存在を知り、自分たちと比較をして劣等感をもち、まず形から西洋化を進めました。まげを切り、刀を持ち歩くのをやめ、洋装に着替え、政治の構造も西洋式なフォーマットに則って改革を進めていきました。その「文明開化」が拙速すぎたゆえ、生じた歪みの影響がまだ続いているのではないか、と感じられることがあります。

民主主義は、私たち日本人の祖先がまだ縄文人だった頃からヨーロッパでは始められていたものです。古代ギリシャから今に至るまで、土地の奪い合いや宗教観の軋轢、統治の試行錯誤とともに様々な社会形態の興亡が繰り返され、形成されたのが、西洋の民主主義です。それだけの時間と経験のコストをかけてでき上がった統治構造が、果たして日本でも潤滑に機能しているのか。明治維新が今からたった150年ほど前に起きたという状況を踏まえれば、まだ試行錯誤の段階だとも言えるのではないでしょうか。

日本人は開国以来「果たして他国から自分たちはどう見られているか」ということをやたらと気にし続けてきたように感じます。テレビをつければ海外の人々が日本をどう見ているか、どう捉えているのか、というテーマの番組がいくつも放送され、大抵はどれも、対外的に見ても日本はいい国だ、という〝称賛〟をコンセプトにしたものになっている。

褒めてほしい、という気持ちは、自信のなさの裏返しとも捉えられます。かつて列強国に追いつき並ぼうと西洋化に舵を切った際に芽生えた劣等意識を、今も引きずっているのかもしれません。そのコンプレックスは、他国との単純な比較をされた際に「日本が否定されている」と解釈してしまう被害者意識にもつながっている気がします。

フランスの社会学者で思想家のエドガール・モランは『祖国地球——人類はどこへ向かう

のか』（アンヌ・ブリジット・ケルンと共著、菊地昌実訳、法政大学出版局）という著書において、19世紀からの多国間貿易による市場の世界化が、政治の世界化につながったと捉えていますが、そこに至るまでの経済や技術、イデオロギーが浸透する過程が、本来のその国の性質への干渉と錯乱、紛争の基にもなったと記しています。西洋の近代化に怯え、西洋化を選んだ国の一つである日本は、おそらくまだ、その「過程」の只中にあるのかもしれません。

暴かれた「シークレットブーツ」

今回、芸術家やフリーランスに対しての経済的サポートが他国より出遅れた日本ですが、そこでもまた先進国としての違和感を覚えざるをえませんでした。情報網が張り巡らされた今の世の中では、各国の政府の対応も筒抜けです。そのため、日本と同じ先進国である他国が「芸術家への支援に乗り出した」というニュースを聞くと、「なぜ日本はできないのか」と疑問を感じます。

そもそもこの国は「経済をうまく動かせる国こそが先進国だ」と認識しているところがあります。また世界経済を動かすような強さがなければ、列強国に肩を並べられないと思っている節もある。高度経済成長期以来、その焦りが日本のなかに巣食ったままなのかもしれません。

『オリンピア・キュクロス』という漫画を描き始めて、あらためて実感したことですが、オリンピックは社会の成り立ちを見るうえでの一つの座標となるイベントです。

たとえば１９３６年のベルリン大会は、ナチス政権のプロパガンダとして政治色を帯びた祭典に一変しました。１９６４年の東京大会は、戦後から復興した日本の経済力という国威を世界に示すものになりました。そして、経済活動を盛り込んだイベントとしてのオリンピックが確立したのが、１９８４年のロサンゼルス大会でした。

先の東京大会では、世界に恥ずかしくない日本を見せようと、新幹線をつくり、トイレを水洗にし、あらゆることを畳みかけるような突貫工事によって必死に整えました。その過程で全国の街の風景も、特色を失った均一なものに変えられたわけですが、今回もあの１９６４年の東京大会と同じようなことをしようとした。その必要性はあったのでしょうか。もっと冷静に等身大で、日本の美徳を尊重した形で、お金の使い方を考えられたはずだと思われてなりません。

古いものを尊重しつつ、新しいものと調和させるという日本ならではのセンス。たとえばそれを、もともとあった競技場をアレンジすることに応用できなかったのか。そんなことを考えるたび、先進国という立場を経済力のみで誇示しようとした結果、本来の日本らしさを潰してしまっていると感じます。

やはり今回のパンデミックによって、明治時代から今までこっそり履いてきた「西洋化した列国」という名の「シークレットブーツ」が、暴かれつつあるのかもしれません。

「日本モデル」は空虚に響く

「日本ならではのやり方で、わずか1ヵ月半で今回の流行をほぼ収束させることができました。まさに日本モデルの力を示したと思います」

２０２０年5月25日、緊急事態宣言解除の記者会見で安倍首相はこのように発言していました。感染者数が増え続けている8月の今からすれば「ずいぶん早まった会見だったなあ」と思わざるを得ません。会見当時も「収束しました」と言い切られても、検査の絶対数が少なく、感染のリスクは残っていたわけで、「日本は日本のやり方を立派に貫いた」と聞いたところで、説得力を感じられませんでした。

こうした政府の会見に失望してしまういちばんの理由は、情報に対する透明性のなさです。同時期、イタリア当局は、感染者数に加えて陽性率や「ＰＣＲ検査を受けられずに死んだ人がこれだけいた」といった情報も含め、詳細な統計をテレビ局、新聞社などのメディア各方面を通じて公表していました。その日のグラフを見れば、すぐにその日の被検者数や感染者数、陽性率などが把握できる仕組みも、すでに3月の時点でき上がっていました。

しかし当初、日本のメディアで報じられたのは感染者数ばかり。被検者が何人いたのか、陽性率はどれくらいなのか、重症患者は何人くらいなのか、知ることができない。自治体のホームページを見て辛うじて認識できる程度であり、気になった人だけがそこまでたどり着けても、幅広く国民に向けて開示されている、といった様子ではありませんでした。

私からすれば「この不透明さはおかしい。もしや何か一般に知られては都合の悪いことでもあるのか」という疑いを排除することはできませんでした。実際、世界には国民に不都合な情報を隠蔽する国や人たちが存在しているからです。スペイン風邪も、戦争への影響を懸念して情報操作がなされていたことが記録として残っていますし、人間の歴史は真実だけで築き上げられてきたものではありません。だからこそ、合理主義的思想の発達した西洋では、懐疑心をもつことが当然と認識され、発達しました。

　そして弁論術を身につけるということは、他者の言葉に対して「猜疑心を抱く」「批判力を身につける」というスキルを高めるためでもあります。決して、自分たちの言語力を高めるためだけではありません。イタリアでは、リーダーが行った会見を見ながら、「またあることないこと言ってるな」「口先ばっかり」といった非難を人々は当たり前のように口にし、そこで育つ子どもたちは、誰に何を言われなくても、権威のある人の言葉を鵜呑みにしてはいけない、という姿勢を身につけていきます。

　いまだに日本では「猜疑心」とはもってはいけないもの、良くないこと、として捉えている風潮が強い。時々講演会などで「猜疑心こそ人間にとって必要不可欠なもの」というと、ほとんどのみなさんが腑に落ちないといった表情をされます。でも、その言葉から受ける先入観をもうそろそろ払拭してもいいのではないでしょうか。ある意味で自分以外の何かに責任を丸投げできる「信頼」に比べ、「疑い」には大いなる想像力と知性、そして自分の考えをメンテナンスする責任が問われます。そして民主主義国家というのはそもそも、国民の猜疑心によって司られるべきだと思うのです。

　私がＳＮＳなどで、政府が提示する情報に対して疑念を発信すると「事実がわかったところで何だっていうんですか」と友人らから言われることがあります。特にコロナ禍の現在、真意がどうだろうと、この困難なときに余計な批判で波風を立ててくれるな、ということなのでしょう。つまり日本では、人々に自由な理念や考え方を育ませるための疑念や批判の精神が根付いていないのです。というよりも、根付かせたくないのかもしれません。

こういう現状を見るに、日本はいまだに明治維新以降の試行錯誤の最中なのかなと、感じてしまうわけです。

森の精霊と卑弥呼

２０１６年に放送された「ＮＨＫスペシャル『大アマゾン 最後の秘境』」は、何度も録画を見直してしまうほど素晴らしいドキュメンタリーです。番組では、周囲から隔絶されたジャングルに暮らす先住民「イゾラド」が紹介されていました。イゾラドとはスペイン語で「島の人たち」。まさに密林のなかの〝孤島〟の民です。

文明社会と接触をもたず、半裸で森に生きるイゾラドの姿を見ていて、日本も、地理的条件など様々な要因によって隔離された特殊な文化圏だということを、あらためて考えさせられました。隔離された環境で暮らす人間の想像力は、ヨーロッパのような地続きの大陸で、常に外から刺激がもたらされる環境において育まれる想像力とはまるで違っています。

たとえば日本と同じ島国である南太平洋のパプアニューギニアの人々も、孤立した環境で、精霊という存在を信仰するなど独自の文化を育んできました。疫病の蔓延を森羅万象の一つと捉える日本人の精神性と似ていますね。

パプアニューギニアには固有の言語や習慣をもつ多様な部族がたくさん存在するとされますが、そのなかに「マッドマン（泥の人）」と呼ばれる山岳の民がいます。全身を白い泥で塗り、巨大な仮面を被る風習をもつ人々です。

仮にそのマッドマンが、「文明開化」を起こすことに決めて服装を変え、「よし、ヨーロッパの民主主義に倣うぞ」と社会改革を始めたらどうなるか。10年、20年、50年、いったいどれくらいで彼らはそれらを自分たちのものにできるでしょうか。土地の精霊の存在をあっさりと忘れることなどできるのか。

文化や商慣行の違うあらゆる国を相手に交易を結んだり、時に裏切られたりと様々な目に遭わなければ、新しい価値観はその社会に馴染んでいかないでしょう。地中海文明の歴史を踏まえても、どんなに迅速でも1世紀以上のスパンで構えなければ、結果は見えてこないように思います。

「マッドマンの文明開化」は私のたとえ話に過ぎませんが、それに似た現実が明治維新において日本人に起きていたわけです。そんなふうに考えれば、日本人にとっての西洋化がどれだけインパクトをもつものだったか、実感できるのではないでしょうか。そしてそんなことを考えているうち、今も八百万（やおよろず）の神やシャーマニズムを潜在意識に置く日本人の精神風土には、もしかして、卑弥呼のようなシャーマン（巫女）をリーダーにした社会システムがいちばん馴染みやすいんじゃないだろうか、という気さえしてきてしまいます。

敗戦後、天皇は国民の「象徴」とされましたが、この国は要するに、天皇と天皇を守る政権という二重構造になっているわけです。だからこそ、首相とは天皇を守るために表に立つ存在のため、多少の失言や失策があっても支持するべき、と考える人が一定数発生する。シャーマニズムが馴染む人々の社会の構造と、西洋式民主主義の構造による解釈への軋轢が、妙な違和感の原因となっているのかもしれません。

しかも日本の天皇は近代まで、「現人神（あらひとがみ）」として神様の子孫とされてきました。実際、皇室行事の「新嘗祭（しんじょうさい）」は神事ですが、ヨーロッパ人の感覚などからすると、そんな神秘的な行事を、先進国である日本が国として今も続けていることはなかなか理解し難いようです。

こうした日本という国の特異性を客観的に認識しておけば、政治に対し、不適合なイデオロギーを抱くことも避けられるというものです。

ＳＮＳ上に見る凶暴な言葉の刃

今現在、過去のパンデミックにはなかったものがいくつか存在しています。たとえばＳＮＳもその一つです。世界の大都市がロックダウンしていた間、自宅隔離していた人々が作成した動画がフェイスブックなどを賑わしていました。日本でも外出を自粛する人たちのコミュニケーションツールとして、平時にも増して機能していたようです。

しかしその最中、プロレスラーの女性が自ら命を絶つ事件がありました。緊急事態宣言が解除される数日前のことですが、ＳＮＳを通じ、出演していたテレビ番組の内容をもとにした誹謗中傷が起きたのが要因だったと見られています。

匿名での投稿が可能なＳＮＳは、書き込みに対する責任のタガが簡単に外れやすいものです。特に自粛期間という社会的縛りを強いられる中、人の内面に溜まった不安や欲求不満が爆発し、ＳＮＳ上に心無い言葉として表現された可能性もおおいにあります。

日本のような世間体の戒律が厳しく、空気を読む必然性が高い国だと、普段思っていることをなかなか言語化できない。お酒の力を借りてやっと本音を言えるような環境にあるからこそ、日本におけるSNSの使い勝手は、普段から言いたいことを言語化できているほかの国々とはどこか違っているように感じられるのです。

一方、我家のイタリア人義父母などは、しょっちゅう夫婦喧嘩をしていますし、私も夫とネット越しだろうと、ガミガミやりあいます。大抵、私のほうが「これ以上話しても無理だ」と押し黙るわけですが、夫はそれを「言語化への拒絶」と指摘します。「君はどうしてそんなにすぐに会話を遮断するんだ」というので「会話じゃない、これは喧嘩だ」と答えれば「喧嘩も立派なコミュニケーションであり、お互い思っていることをしっかり相手に伝えない限り何も解決しない」というわけです。

日本が西洋化する前までは、すべてを言葉に置き換えるわけではない日本人の精神性に見合った、それなりに柔和な社会環境があったはずだと思います。しかし、近代になって「誰でも自由に思ったことを発言するのがデモクラシー」という西洋式習慣が推奨されるようになった一方で、肝心の日本人がいまだに言語のもつ凶暴性を扱い慣れていない。

もちろんSNS特有の無責任性と凶暴性は世界共通の問題ですが、言語の取り扱いに慣れていないという日本人の性質が、頻繁に起こるネット上の炎上に表れているような気がしてなりません。

「漫画家のくせに」

私は10代半ばからイタリアへ渡り、油絵と美術史を学びました。その後外国人の家族をもち、古代ローマ史と日本の比較文化漫画を描き、数ヵ国に30年以上暮らした経験があることから、テレビや雑誌、ＷＥＢメディアなどで、俯瞰で日本を見た際に感じる自分の考えや意見を語る機会があります。そこではもちろん専門家とは違い、海外での日常や風習を経験した私なりの視点を通じて、考えたことを述べていますが、4月に放送されたパンデミックに関する番組に出演した際には「漫画家がこんなところに出てきて、偉そうなことをしゃべるな」といった反応がＳＮＳに上がっていました。「漫画家は漫画だけ描いてりゃいいんだよ」という書き込みはこれまでも頻繁にあったので気にしていませんが、それにしても「漫画家は漫画だけを描けばいい」という短絡的な見解には考えさせられてしまいます。それはつまり、人間は社会において認識されている〝役割〟以外の行動を取るべきではないという、非常に狭窄的で、どこか怠惰な想像力に甘んじているようにも感じられます。

「#検察庁法改正案に抗議します」のリツイートが話題になったときも、そのハッシュタグをつけた人たちを中心に「俳優や歌手である前に、人間であることをなぜ注視してもらえないのか」といった議論が起きていました。「有名人は発信力と影響力があるから思ったことを何でも口にするべきではない」ということだとしたら、そんな発信にいとも簡単に影響を受け、左右される可能性を持つ人にも問題があるのではないでしょうか。本当に発信者が有名なだけで国民の思想が動かされてしまうのなら、むしろそういう人が育つ社会自体を問題視するべきですし、何より政治家や専門家のみに発言や判断を委ねればいいという考え方が定着するようになると、現在の政治形態そのものを変えなければならないでしょう。「俳優や歌手や漫画家はそれぞれの仕事だけやってりゃいい、余計なことを言葉にして発信するな」という人々の見解は、独裁者が君臨する社会主義国ならまだしも、民主主義の先進国と自負する国のものではありません。

「疫病が発生した際にはウイルスの専門家の意見だけをあてにすればいい」といった短絡的な考え方に囚われていたら、問題の解決策は永遠に生み出されないでしょう。イタリアの感染拡大が深刻化したときも、イタリア人の家族と長く暮らしてきた私には、イタリアにおける高齢者との同居率の高さや激しい日常会話の頻度、医療環境の限界、そして家族や友人との抱擁を含む接触率の高さなどが感染拡大の要因として、すぐ頭に浮かびました。しかし私は感染症の専門家ではありませんから、こうした見方はそれほど重要視されません。

人々が専門家以外の言葉に耳を傾けたがらない傾向は、世界中の人々に少なからずありますし、かくいう私もそのうちの一人だと自覚しています。つまり我々は無意識のうちに人々の言語化や思想にこうした意識の規制をかけ、自分の知りたい言葉を知りたい人からだけ吸収しようとしている、という実態に気づかされます。しかし、今回のパンデミックも含め、メディアだけに頼れない状況下では、それぞれが今までにない想像力をもち、あらゆる人の言葉を受け入れて咀嚼し、自分なりの判断と考えをもつという必要性に、いつになく迫られているようにも感じるのです。

異質な人を排除する脆弱性

自分たちが考えている意見と違った言動をする人は、動揺のもととなり、不安を募らせる存在以外の何者でもない。特に日本は、自分たちの共同体にとってそういった異質性をもった人間を排除しようとする力学が働きやすい社会です。パンデミックにおいても、医療従事者の家族を遠ざけたり、感染者を差別したりする動きが指摘されていましたが、そうしたことも感染リスクへの心配以前に、異質なものへの拒否反応からきているのではないでしょうか。

日本文学の大家だったドナルド・キーンさんは、2011年の東日本大震災をきっかけに日本国籍を取得しました。日本を愛するゆえに、と聞いていましたが、そこにはある強い覚悟もあったと亡くなられたあとに知り、驚いたものです。生前アメリカの友人に送ったというキーンさんのメールがニュース番組で取り上げられたことがありましたが、そこには彼の言葉で「日本の人は、私がいかに日本を愛しているかを語ったときしか、耳を傾けてくれません」といった内容が綴られていたと報じられていました。

キーンさんは、近年の日本が戦争の教訓を忘れつつあることへの懸念と、「日本が大好きだから、アメリカ人でなく、日本人として責任をもって批判的なことでも意見ができるように」という、民族的先入観を払拭するべく帰化した方です。日本を深く理解しようとするキーンさんの姿勢には真摯さしか感じられませんが、それでも彼が日本への批判を口にすれば「アメリカ人に言われたくない」と叩く人が出てくる。その分類は「漫画家のくせに」と同様で短絡的です。

自分たちにとって異質な者に「攻撃」という形で反応をしがちなのは、島国という〝群れ〟の社会性をもつこの国の特徴です。鎖国が日本に一定のメリットをもたらしたことはたしかですが、時に現れる部外者や異文化との交流に消極的で「排除してしまいたい」と湧き上がる感覚が、今も続く西洋化との軋轢の要因なのも間違いありません。

本来の日本人は、情報を取り入れることに対し、とても貪欲な国民だと思います。朝鮮半島などから入ってきた文化や情報を受け入れて、独自の価値観をもつ社会を築いてきた。そうした新しい情報への飢餓感のようなエネルギーは今も健在です。たとえば日本ほど、世界のあらゆる国の料理を食べられる国はないんじゃないでしょうか。イタリア料理に至っては、ロンバルディア、トスカーナ、シチリアなどと、細かく地域分けされたレストランまで存在しています。ほかの国ではちょっと考えられません。

先日仕事で訪れた八丈島は、戦国時代の大名、宇喜多秀家をはじめとする、様々な人が流民として送り込まれてきた島ですが、ここでは外部から入ってきた〝異質〟な人々により、唯一無二の文化が生まれています。本土から排除された人だろうと、この島では「新しい情報を運んでくれる人」として歓迎される。しかも孤島でリソースもない、となれば、少ない人々で生き抜かねばならないし、群れ社会内部での分裂など、あってはならないこと。流民だろうと貴重な人材として受け入れ、上手に社会を動かしていた事実が、今も島に残る記録からうかがうことができました。

新しい考えや価値観を受け入れるには、それだけ大きな負荷がかかります。一人の異質な人間がいたなら、理解を試みるより、排除するのが手っ取り早い。たとえば島流しがその例です。でもその行為が、組織そのものの体幹を痩せ衰えさせてしまうことになりかねない。

スティーブ・ジョブズという人物の自伝をコミカライズしていたとき、常に感じていたのは、社長室のテーブルに裸足の汚い脚を乗せ、「自分を雇え」とのたまう得体の知れない若者を、一度はムカついたとしても「面白そうだ」と受け入れる周囲の寛容性です。

ジョブズはその後自分がつくったアップルから排除され、自らの横柄さを顧みることになります。でも、再び会社に戻ってきたときも、性格が直ったわけではありませんでした。アップルでは、ジョブズによるモラルハラスメントやパワーハラスメントに1ヵ月耐えた社員は賞をもらえたそうですが、それだけ扱いづらい人間を受け入れ、敬ったのが、あの会社の成功に結び付いています。

アップルはあくまで一つの事例ですが、レオナルド・ダ・ヴィンチにしろ、古代ローマ皇帝ハドリアヌスにしろ、古今東西、異質な人間とそれを受け入れてきた社会があったことを常に念頭に置くようにしてもいいのかもしれません。

「失敗したくない」という病

「日本のナショナルチームはなぜ、『いよいよゴールだ！』というときにボールをみんなで譲り合うのか、その理由を知りたい。失敗したら責められるのが嫌だからなのかい？」

少し前になりますが、駐日イタリア大使から日本代表のサッカーチームについてこんな質問を受けました。スポーツニュースなどを通じて、ゴール前の決定力の低さがよく指摘されていた頃のことです。

その真偽はその道のプロにお任せしますが、「失敗したくない」というメンタリティは現代の日本人が抱える大きな病ではないでしょうか。実際、コロナ対策で日本政府が急に方針を変えたり、何かと右往左往している姿を見ていたりしても、失敗したくない、つまり責任を取らなきゃいけない状況をとにかく回避しようとしている気がしてなりません。

この日本人の〝失敗したくない病〟を、〝語学学習〟の話を例に考察したいと思います。

私のイタリア語は、美術の学校の勉強やフィレンツェで出会った人たちと接するなかで身につけたものです。学生時代、イタリア語でレポートや論文を書いていましたが、当初スペルは間違いだらけ。

しかし、当時の私にとっては完璧なイタリア語の習得より、付き合っていたイタリア人たちに言いたいことを伝えるほうが大切だったため、とにかく聞き覚えのある言葉から覚え、言語化するのを優先していました。つまり「伝わること」こそ、言語を生かしたコミュニケーションで、文法やスペルの正しさは追いついてくるものと思っていた。実際、それでなんとかなってきました。

しかし、この世界にはそんな荒っぽい語学学習をする私の上をいく人がたくさんいます。イタリアももちろんそうですが、中東や南米など、おおむね積極的に会話する地域で、言語の〝ハッタリ〟達人に多く出会ってきました。

二言、三言でも知っている言葉があればもう十分で、男性なら「コンニチハ」「サヨウナラ」「アイシテマス」だけで、冗談ではなく日本女性と恋に落ちる。この場合、しゃべりたい意欲と相手への気持ちを少ない語彙に精一杯込めながら、雰囲気で相手に合わせていくわけです。彼らが伝えたいのは、言語よりコミュニケーション力であり、相手を知りたい、わかりたい、と思う気持ちなのでしょう。

言語はその国の文化や考え方を表すものですから、母国語にしている人々と付き合っていくうえで徐々に理解できる表現のニュアンスというものがあります。テキストだけでは学べない部分ですね。そこに暮らして恋愛し、喧嘩もし、仕事に生かして不条理を経験し……。真の言語力を身につけるには、やはり「経験」が不可欠です。

一家でポルトガルに住むことになったとき、リスボン大学の学生に息子の家庭教師を頼みました。彼は外国人に言葉を教えることを専門に勉強していました。その学生いわく、もっとも言語を教えるのが難しい外国人が日本人、とのことでした。日本人は文法を間違えまいと慎重になり過ぎて、なかなかしゃべろうとしない。文法の正しさにこだわるがため、かえって習得率が下がってしまうというのです。

私がかつて日本でイタリア語を教えていた生徒さんにも、とにかく文法の正しさにこだわる方がいて、会話をしたイタリア人が「君は間接代名詞を使うのが好きだねえ」と苦笑いをしつつ、戸惑っていたことがありました。すると途端に躊躇して、もう積極的に会話ができなくなってしまう。もちろん日本人であってもハッタリ力をおおいに発揮する人もいますが、真面目な人ほど表現に引っかかって、会話がブロックされる傾向がある。

逆の立場になればわかりますよね。きちんとした日本語を話せなくても、文法はめちゃくちゃでも、何かを伝えようとしている人なら、こちらも言わんとすることに耳を傾け、理解してあげようと思う。たしかに文法をしっかりと把握することの合理性はあります、しかし言語コミュニケーションでは「伝えたい」という意思と意欲が最優先なのです。

なお、この「失敗してはいけない」メンタルは、言語だけでなく、報道などを通じてもよく感じられます。たとえばイタリアの報道は、自分たちの国で起こることを常に俯瞰で捉え、批判にも容赦がないのがその特徴です。政府や行政によるずさんさが明るみに出れば「イタリアという国はこれだから……」と客観的に捉える。失敗に対しても同じです。でも同じような報道を日本でやっていたら、きっと非国民的な扱いを受けてしまうでしょう。群れのなかでの一糸乱れぬ統率がとれて完璧な社会というイデオロギー、というか信念が日本には深く染み込んでいると思います。

1964年、オリンピックの東京大会に出場したマラソンの円谷幸吉選手は金メダルへの国民の期待という圧力と、ボロボロになってでもトレーニングを続けなければならないという義務感、好きな人との結婚も許されない立場に絶望し、自ら命を断ったとされます。増田明美さんも、ロサンゼルス大会での競技中に途中棄権したことで「非国民との罵声を浴びた」とお話しされているのをテレビで拝見しました。

人間は失敗や挫折、屈辱から得られた苦々しい感情も経験しなければ、成熟しない生き物だと思うのです。それなのに現代の日本では、そうした感情の動きを「世間体」という実態のない戒律で規制してしまっている。それこそ極端な社会主義や、宗教的な戒律のなかで生きる人のごとく、「失敗」を規制されている。

しかし江戸時代まで戻れば様子は変わります。たとえば江戸の町民文化の象徴である落語では、人の失敗談や勘違い話が人気の噺(はなし)になっています。人間ならではのすっとこどっこいなエピソードを皆でゲラゲラ笑うことで、自分の生き方のヒントにする。列国と肩を並べることに気負う以前の日本は、失敗や挫折や型破りであることが逆に、社会にとっての栄養となっていたように思えるのです。

戒律としての世間体

緊急事態宣言下で商業施設の自粛が決まったとき、それでも営業を続ける店はその名前を公表する、というのが行政処分の限界だったようです。しかし、「名前を公表しますよ」というのはつまり「世間の目に晒しますよ」という罰則です。感染リスクの危機が差し迫った状況で、自治体が事業者に言える唯一のことが「世間から制裁を下されなさい」というのは、あまりにちぐはぐです。

しかし日本の場合は、往々にしてこの世間体が、自粛を促すプレッシャーとして機能する。言わば「世間体の戒律」です。その効能が法的な力を帯びることに愕然としました。イタリア人の夫とこの話になったとき「名前の公表？　それは逆に集客効果をもたらす宣伝になるんじゃないの？」とさっぱり意味を理解していませんでした。

世間体は「空気」と言い換えても成立しますね。日本は言葉の応酬をせずとも、空気を読み合ってコミュニケーションを取ることを良しとする国です。場の空気を的確に読める人を評価し、読めない人のことを排除する。その空気に照らして、休業要請に従わない事業者を処分してもらうというわけです。

世間体の戒律に従わないものは「異質」や「異端」と烙印を押され、共同体という群れのなかから排除される。この異質なものを取り去ることで同質性の純度の高い群れを守り、保とうという考え方は、とても日本的だと思います。

この世間体の戒律が作用するのは、新型コロナだけとは限りません。特に近年は親子の関係性のなかでさえ世間体が優位を占めている。たとえば２０１８年の春、５歳の女の子の虐待死事件が起きました。女の子は両親から毎朝4時に起こされては平仮名の練習をさせられ、モデルにするためだと、食事もろくに与えられなかった。

この両親は結局、自分の娘がどんな性格の子で、そのとき何を訴え、どんな気持ちでいるかを慮ることより、娘を世間から高評価を得られるような人間にさせることしか考えていなかった。それは娘への愛情からの行動ではなく、「子育てに成功した自分たちが世間から評価されたい」という承認欲求に基づくもので、娘を使って群れから認められることを目指していた。まさに子どもの人格を無視した虐待です。

虐待死までいかなくても、子どもより世間体が優先されることは、日本の家庭でしばしばあることだと思います。

たとえば学校で自分の子がいじめられて帰ってきたとします。大多数の親はまず「どうしていじめられるようなことをしたの？」と子どもに聞く。それはすなわち「あなたのほうが学校という世間に背いたのでは？」という意味で、その時点で親は子どもにとっての敵になる。いわば自分をいじめた一味です。親はもう、苦境に追い詰められた自分を無条件で助けてくれる存在ではなくなってしまうわけです。

この世間体優位の考え方は、西洋のキリスト教的倫理観のもとでは信じがたいものです。

イタリアの場合、子どもがいじめられて帰ってきたら、まず事情を確認するべく親が学校へ向かいます。子どもを守るため、対立した相手の子どもや親との話し合いにも行くでしょうし、時には転校を決める。「適応できない場所に、つらい思いをして無理に合わせることはない」と子どもを家族で守ります。子どもが帰属すべきは家族で、社会ではないのです。

イタリアでは、学校とは学習教育を受けさせる場で、子どもの人格や倫理観を育むのは家庭だという理念がはっきりしています。またいじめが起きても、保護者はその責任が学校にあるとは考えません。しかし日本の場合、まず学校にその責任が向かう。まったく考え方が違っています。

とはいえ、北部イタリアのような経済活動が活発な地域では、家族のあり方が変わってきた気配もあります。数年前、テストの点が悪くて親から叱られることを危惧し、自殺してしまった子どもがいましたし、豊かな家族を装うことで経済的に破綻し、無理心中した家族もありました。いずれにせよ、それまでのイタリアからすれば前代未聞の事件です。

コロナで変わらざるを得ない社会を生き抜く術とはどういうものなのか。これから先、世間体による評価が生きるうえでの優先順位となるような事態が、イタリアでも起こり得るのか。私は不安を覚えています。

リモートとエッセンシャルな労働

新型コロナのおかげと言うべきか、緊急事態宣言を機にそれまでなかなか進まなかった働き方改革が、企業を中心に行われました。特に普及したのが「リモートワーク」です。

20年以上前から、世界のあらゆる国で漫画家としての生業を続けてきた私にとって、遠隔地からリモートで行う仕事は今に始まったことではありません。これまでで最も大変だったのは、内戦が始まる前のシリアの首都ダマスカスにいた際、100枚の原稿を国際宅配便で送ったときでした。ネットが普及してからは、原稿はすべてデータ化し、編集者との打ち合わせはスカイプでこなしてきました。ですから、コロナ以前と今で大した変化はありませんでした。

漫画はそもそもどこにいてもできる仕事でもあります。しかしコロナ禍でリモートワークが大々的に実施されたことで、ほかの職種でも、仕事によっては通勤の必然性がそれほどないことにあらためて気づいた会社も多かったのではないでしょうか。そして雇用される側にも「ストレスを溜め込みがちな都会の暮らしから脱け出して、おおらかな地域で子育てをしたり老後を過ごしたりする選択肢もある」といった発想が促されたのもたしかだと思います。

自粛期間中、リモートワークとともによく聞くようになった言葉が「エッセンシャルワーカー」です。その意味するところは、医師などの医療従事者やスーパーマーケットで働く人などに代表される「人々が社会生活を維持するうえで、必要不可欠な仕事に従事する人」のことだそうです。「エッセンシャル（必要不可欠な）」という以上、人間の体を生理的に生かすために大事な仕事、というイメージもあります。ただし人間はメンタルも備わった生き物ですから、生理的な部分だけでなく、トータルに満たされないと救われません。

では人間にとって〝エッセンシャルなもの〟とは何なのか。たとえばアフリカのサバンナで暮らすマサイの人のエッセンシャルと、ニューヨークのウォールストリートの金融街で働く人とのそれには明らかに差異があります。ただ、職業として成り立ち、誰かに必要とされていて、そしてこの人間社会を構成している仕事であれば、結局すべてが「エッセンシャルワーカー」ということになるでしょう。

たしかに沈みかけた船のなかでは、漫画家や物書きの仕事はいちばん不要なものかもしれませんが、人間が命をつなぐだけの食糧を得て、胃袋を満たした次に欲するものは、頭や心を満たすものです。生理的なニーズに対応するエッセンシャルワークだけに限ってしまうと、

ハワイ在住の友人より届いた写真

事態が改善されたのち、気づけば絵を描ける人も物を書ける人もいなくなっていた、という状況にもなりかねません。

「暗黒時代」と称される欧州の中世期がまさにそういう時代でした。西ローマ帝国が実質的に崩壊し、芸術的な生産性が落ち込み、文化的に面白いものが生まれてこなかった時代です。しかし、生き残るために実務的な労働を選ぶ人たちが大半だったそのなかでも、ごく少ないながら、細々と文化の灯（ともしび）を絶やさずにいた人たちがいたんですね。そして現代に至るまで続いているのなら、文化を生み出す仕事も人間にとって、十分エッセンシャルであると思います。

今の日本では、結果がすぐに出なかったり、経済的生産性がなかったりする活動を軽視しているところがあります。事実、大学教育をめぐっても「人文系はいらない、理系だけでいい」などといった政治家による発言が取りざたされたことがありました。しかし、人間のメンタルの飢えを満たし、国の成熟度を高めるのは、テクノロジーにも劣らない、文化芸術といった分野のものでもあります。

人間は生理的な部分だけ延命すればいい生き物ではありません。命を永らえても、脳みそを腐らせ、メンタルが未熟なままでいると、それこそ脊髄反射的に核爆弾のボタンを押すようなことにもなりかねません。そう考えると、ルネサンス時代を支えたパトロンたちは、人間の社会にとって、どんな栄養素が効果的なのか、本当によくわかっていたなと思います。

「いないように生きていきたい」

日本人は基本的に議論に積極的ではないし、言葉を使ったコミュニケーションが得意ではない、という私の見解はすでに述べました。というよりむしろ、過激な物言いを嫌い、波風を立てず、経験しなくていいことはせず、知らなくていいことも知らず、「いないように生きていきたい」とどこかで思っているようにさえ見えます。なるべく自分の主張を言わずに、誰かから何かを問われたり、追求されたりするのも避け、他者からの承認欲求もなるべく発動せず、静かに生きていきたい。

しかし、主張したり、反論されたり、疑念を抱いたり、といった様々な仕様のコミュニケーションを重ねていかなければ、人として、社会として、また民主主義として成熟していかないでしょう。発する言葉の一つひとつには発言者の責任が伴うもので、議論はその責任の応酬でもある。古今東西の民主主義国家で、説得力ある言葉を発し、「強いリーダー」と呼ばれた人物は、そうした言語力の鍛錬を重ねてきた人たちで、そうしたリーダーらの発言をジャッジしたのは、家族や社会というレベルできちんと言語力を駆使している民間人です。

たとえばユーラシア大陸や南米大陸では、様々な外的な要素が陸続きの周辺国から侵入する、といった歴史を歩んできました。外から入ってくる異質なものをがむしゃらに排除するのではなく、そうしたものと向き合うことで傷つき、戸惑い、満身創痍になりながらも、自らの体内の免疫力を高め、肌の角質の層を厚くし、毛むくじゃらになって生き残ってきた文化です。

日本にも「心臓に毛が生える」といった言葉があります。しかし、世界の面白い情報ならいくらでもほしいし、グローバリーゼーションは必要だけど、島国としての社会性を弱めることにもなりかねないから、満身創痍になってまでは受け入れたくはない、という姿勢がはっきりしている。

理解するのにエネルギーを要するような異質性は基本的にいらないし、排除したい。そういうメンタリティでありながら、「特異性をメリットとして受け入れる」西洋式政治システムで人々を統治しようとする矛盾。

この体制が、そのうち独特な日本仕様の安定を生み、調和をなしていくのかどうか。

おそらく自分が生きているうちはまだまだ無理なような気がしてしまいます。

第5章
また歩く、その日のために

自粛中でも変わらない二子玉川の空

日本を見る、日本人を知る

新型コロナウイルス関連のニュースに触れる日々が、すっかり私たちの日常になりましたが、この章を執筆している8月現在、日本全国での感染者は1000人を超える日が多くなり、お盆での帰省率が例年よりも低くなるという見込みが報道されています。私もイタリアの家族と会えないまま、日本での日々が9ヵ月目に入ろうとしています。

夫は日本での在留資格があるわけではないのでこちらへ渡航できず、イタリアも日本人を含むいくつかの国々に主に観光用途で入国を許可していますが、家族からは「ワクチンができるまで早まるな」と止められています。これだけ日本に長く滞在したのは、実に二十数年ぶりです。

しかし「ワクチンはいつ開発されるのか」「いつイタリアへ戻って家族に会えるのか」な

ど、やきもきしていても仕方がありません。普段は忙しなく動き回っているのに、不意にたちどまることを強いられたこのタイミングだからこそ、できることがあるはずなのです。

このパンデミックでは、コロナ対策について各国の事情や個性の違いがつまびらかになりました。自国政府の対応に苛立ちを覚えたり、メディアが伝える情報に承服し難いものを感じたりした人は、きっと大勢いるに違いありません。かく言う私もその一人です。イタリアに対しても、日本に対しても、アメリカやブラジルといったこれまで縁のあった国の対応すべてに、納得もすれば違和感や腹立ちを覚えました。

ただし、上辺の形ばかりを見て、「こうするべきだ」と批判だけしているのも、状況の改善には遠い気がします。この本では日本とイタリアといった国々との比較を軸にした考察を綴ってきましたが、国には国それぞれの性質や考え方や価値観がある。対策が一律にならないのは当然のことです。

パンデミックという地球レベルにおける人類の危機的現象と、どう折り合いをつけていくべきか。試行錯誤をいまだに続けている世界ですが、日本や日本人に相応しい対応がどういうものか、それを模索するうえでも、私たちはまず自分自身についてもっと知る必要があると思うのです。

10年近く前のことですが、イタリア中部の沖合、ジリオ島付近で大型クルーズ船「コスタ・コンコルディア号」が座礁するという海難事故がありました。浅瀬で横転したままになっている巨大なこの船を港まで牽引するという日、国営放送が中継番組を組んでいましたので私も家で何気なく観ていました。しかし、待てど暮らせどクルーズ船を牽引するはずの船が一艘もやってこない。何事も時間通りに始まることはありませんから、「まあそのうち現れるだろう」と気長に待っていました。

ところがスタジオのキャスターと中継記者とのやりとりが何度かあった末に、「今日はもう作業が行われる目処(めど)は立たない」ということがわかった。中継を受けた報道局のキャスターがそのときに冷静に口にした言葉が秀逸でした。

「皆さんよくご存じだとは思いますが、これがイタリアという国です」

予定通りにいかないことに動じないばかりか、〝起きなかったこと〟を冷静に報道する。自分たちの国の欠点と性質を俯瞰して顧み、そのことを公然と指摘していますが、誰かを傷つけるでも、侮辱するでもなければ、自称〝愛国者〟からの非難でネットを騒がせるわけでもない。自分の国のあらゆる性質を熟知した一言に、私はイタリアの成熟を見た気がしました。

片や日本のテレビ番組では、日本の素晴らしさばかりを取り上げる企画が散見されます。もちろん日本を俯瞰した、興味深いドキュメンタリーもあることはありますし、8月になれば第二次世界大戦時の日本政府や、日本軍を客観視するような番組も報道されます。しかしそれは限定的です。

ここまで書いてきて感じているのは、日本はもしかすると、成熟すること自体に興味がない国なのかもしれない、ということです。日本へやってきた多くの外国人がかつて覚えた印象通り、無邪気で天真爛漫で、時々背伸びを楽しみたいだけの国なのかもしれない。

だとしても、世界的な先進国の基準に合わせたいという必要性があるのなら、時々でも俯瞰で、自分たちの生きる国にどういう特徴があり、どんな歴史をたどってきたのか、そして私たち日本人はどういう民族でどんな性質をもっているのか、振り返ったほうがいい。過去の失敗も欠点も反省点も踏まえたうえで、文化人類学的な視点も借りながら客観的に見直す目を、もっと養っていいような気もします。

こうして思いがけなく家で過ごす時間が増え、普段ならたいして気にも留めない周辺を見回すようになると、そこには、社会や政府などに感じた「もやもや」を解明するヒントが転がっていたし、突然の対策を強いられた結果、見なくてもよかったものにまで意識が向くようになった。たとえば「アベノマスク」や「Go to トラベル」に費やされる費用など、道理はわかっても、なんだか納得のいかない政策や提案が実施されています。

考えるのは面倒かもしれない。でも、その納得のいかなさの要因を、ネットやテレビで誰かが発信している言葉からではなく、自分の考えのなかから見つけてみてはどうでしょうか。それ次第でパンデミック後の私たちの生活、社会の変化の質は大きく変わってくるはずです。

裸足になろう

「難しい問題を前にすると思考停止に陥る」というのも日本でよく聞く話です。でもこれだけ西洋の影響を受け、日常にもそれが浸透してしまった今は、もうそんなことを言っている場合ではないと思います。メディアの誰かの発信する言葉に「そうそう、これが自分の言いたかったこと！」とうなずくのではなく、自分の頭で考える訓練をしていかなければ、かつての世界大戦前のように、誰かの思想や思念に洗脳されてしまいかねません。

私たち日本人は明治維新以降、西洋式の文化を一つのイデオロギーとして抱き、どうしたらうまい具合に機能させることができるのか、日本という島国に調和と安定をもたらすことができるのか、今に至るまで模索し続けてきました。グローバリズムにしても西洋化の文脈のなかで生まれた発想ですが、賢明に理解をし、馴染ませようとしてきました。

しかし、それぞれの国における地域性や民族性、歴史によってつくられた性質は違いますから、他国で良かったものだからといって、そのまま自国でも優れたものとして発展させられるとは限りません。

たとえば、日本の教育だけを受けてきた日本のリーダーが、ドイツやイタリアのリーダーのような演説をしても、私たちはそれを「胡散臭い」としか受け取らないかもしれない。先に日本に弁論教育が足りないことを指摘しましたが、果たして弁論自体が日本人のメンタリティに適したことなのかどうか、という疑問にも行きつきます。とある日本企業の社長が〝ジョブズ〟風にプレゼンテーションをする場面を見たことがありますが、トークも仕草も不慣れさが際立ち、前章で記した「シークレットブーツ」感を覚えずにはいられませんでした。

日本とは違う土壌や歴史で形成されてきた西洋式の社会から学ぶことは多く、そこに気がついた明治の人たちが行った改革は画期的でした。ですが、受け入れられる部分と馴染まない部分があることへの考慮もそろそろ必要です。随分と時間が経ちましたが、違和感を覚えればが何がその要因なのか、体質に合っていない部分を見つけて考え直し、メンテナンスをしなければなりません。

いくら「背が高くなって、見栄えが良くなるから」と言っても、シークレットブーツは所詮虚栄でしかありません。そんな靴はとりあえず脱いで、裸足になって、地面に全体重を掛けて立ってみましょう。そうすることで、背は低くなるでしょうけど、しっかりと体幹の安定を保つことができます。少なくとも風に吹き飛ばされたり、転がされたりするリスクはずっと減るはずです。

「決めつけによる安堵」という呪縛

今回、コロナ対策でもっとも成功した一例とされているのが台湾です。感染封じ込めと経済刺激策によって、２０２０年の経済成長率もプラス成長を見込むという優秀さです。

台湾には自らの歴史をうまく生かし、エネルギッシュに独自性を培っている印象を覚えます。その台湾のコロナ対策のなかで存在感を発揮していたのが、ＩＴ担当大臣のオードリー・タン（唐鳳）さんです。14歳で学校に馴染めず中退し、その後はシリコンバレーで起業するなどして、35歳で台湾史上最年少の閣僚になったという経歴の実力派。トランスジェンダーであることも公表しています。

実力者が抜擢されるには、その内部に実力のある人がいなければ無理です。ですからタンさんのような存在自体が、台湾がいかに実力主義であるかを物語っているわけです。

日本の場合は、実力よりもその人に対する「社会の共通認識」を人材登用などで重視することが多いと思います。そして「何をやってきた人間か」「社会や世間の保証付きかどうか」を、学歴や肩書きですぐに見極めようとする傾向があります。学歴や肩書きが重視されない分野であろうとも、その人を既存の人間性や社会性のカテゴリーに分類したがる傾向があるように感じています。たとえば私の場合、「ヤマザキさんは、よくしゃべるイタリア暮らしの漫画家」という情報から〝主張が強い〟〝イタリア〟〝漫画家〟というカテゴリーに分類されがちです。

日本では「この人はこういう人」と早々と決め付ける傾向が他国よりも強いと感じますが、そうすると、たとえば自分が思い込んでいた情報から逸脱した行動をその人が取った場合、「違う。あなたはそういう人じゃない。そういう態度はあなたらしくない」と認めようとしない。なので、私が黙っていると「ヤマザキさんらしくないですね」などと言われる。

本来そうした決め付けは、他者や世間がつくり出した〝歪んだ鏡〟による「反射」に過ぎません。しかし自分という実態そのものが、いつの間にか世間の決めた「その人らしさ」になっていて、本人も自分のことを「そういうもの」と認識し、むしろ「そうしないといけない」という気持ちになってくる。この他者仕様の自分をつくり出す傾向が、日本では顕著だと感じています。

日本人が早急な決め付けをしたがるのは、おそらく「この人は理解できる範疇にある人物だ」という確信に落ち着かないと、不安になるからです。そして、それに伴って生まれた「反射」を自分の姿だと相手に思い込ませることもまた、異質への拒絶感からくるものかもしれません。いずれにしても、現代の日本人は何事にも対しても「熟考」を避けているように感じます。

私の母は、会った人は誰でもすぐ「いい人ね」になる、本当に危なっかしい人です。どんなに親切でも内側がどうかはわからない、という勘ぐりをまったくしようとしない。それが災いして、信頼していた人から騙されたことは数知れない。詐欺被害にあったこともあります。それにもかかわらず、長きにわたるイタリア暮らしで、家族のことすら訝しむ性格になった私を見て、母はよく「あなたは荒みすぎよ」と非難していました。

最初から訝しむことより、騙されたと知って落ち込むほうを優先するのはなぜなのでしょうか。母は、詐欺の話になると「もうよして」とつらい面持ちになり、思い出したがりません。イタリアなら、自分を騙した人はとことん許さない。親族であろうと嫌な目に遭わされれば裁判も厭わない。しかし、日本では騙されたら諦め、自分を責める。つまり〝信用〟を優先したいわけです。だから振り込め詐欺のような、海外ではあり得ない〝信じ込ませ型〟の事件がいまだに撲滅されていません。

日本人はやはり、猜疑心という想像力をあまり活性化したがらない国民なのでしょう。

パンデミックの副作用を知る

パンデミックがもたらした「差別」と「暴力」について少し考えてみたいと思います。

5月にミネアポリスで起きた白人警察官による黒人男性の拘束死事件に端を発したとされる全米の人種差別抗議デモは、あっという間に世界へと広がり、地域によっては一部が暴徒化。暴動や略奪が発生してしまいました。

この一連の出来事は、アメリカ社会に依然としてあった黒人差別への不満が、パンデミッ実際、アメリカにおけるCOVID－19の犠牲者の多くが低所得者層のアフリカ系住民という現実があり、医療サービスを受けられるか否かを含む様々な不平等が人種というレベルで存在しています。

同等の不平等はブラジルにもあります。手を水で洗うこともままならず、最悪な衛生環境の貧民街では毎日大勢が病院にも行けないまま、狭い自宅のベッドの上で亡くなっていますが、政府はそれに対してほとんど手を差し伸べていません。むしろ経済生産性の低い人間だとして、死刑宣告ともいえる「命の選別」がなされているような状態にあります。

アマゾン川流域などに暮らす先住民たちの感染も問題視されています。もともとアマゾン開発に力を入れていたボルソナーロ大統領は、文化人類学的危機に関心を払いもしない。実際、ブラジルの新聞ではこの政府の見放しをもはや「ジェノサイド（集団殺戮）」という言葉で表現しています。

イスラエルでは警官がパレスチナ人障がい者を誤認して射殺し、そのことへの抗議デモが起こりました。イタリアでは野党主導でコンテ首相への抗議デモもありましたし、シチリア島ではロックダウンになって間もなく、貯金が底をついた人たちが集団でスーパーマーケットに押し寄せ、略奪行為を起こしたと報道されました。

生活苦や失業など、パンデミック下では不安になる要素には事欠きません。だからこそ人々のなかには、「うねりが起きれば便乗したい」というエネルギーが充満しています。何か一つきっかけがあれば人は群れとなり、暴動やクーデターのスイッチが入りやすくなるのです。

そういった性質があることを、古代ギリシャ人はすでに知っていました。それこそ古代ギリシャにおけるオリンピックは、頻発していた戦争の代わりに発案されたものです。ストレスを溜めてアグレッシブに傾いた気持ちを、暴れ出したい衝動を、運動や観戦に置き換えろ、ということなのでしょう。そう考えれば、今回の各所での暴動も、サッカーや野球、アメリカンフットボールといった、本来は日々のストレス解消につながるスポーツ競技が実施できなかったために起こったとも捉えられそうです。

不安傾向が強まれば、鬱病に悩む人や理性や寛容性をなくしてイライラする人が増えます。他人への苛立ちや怒り、殺意といった暴力的な感情も表出しやすくなる。自粛しない人を取り締まる「自粛警察」もそうした凶暴性をはらんでいます。

過去のパンデミックにおいても、似たような出来事は起きていました。中世にペストが流行した際には、「イエス・キリストを酷い目に遭わせたユダヤ人のせいだ」とユダヤ人の大虐殺が起きています。ユダヤの人は一般的なヨーロッパ人と比較してより清潔な習慣をもっている。それにもかかわらず、何の根拠もなく、彼らはスケープゴートとしてこじつけられました。

不安というものは思考を短絡的にします。そして普段の不平不満が思い込みを生み、「こいつが悪い」「あいつのせいだ」と、負のエネルギーの吐き出し先を探したくなる。

人間の疫病の歴史をたどると、「群れになりたがる欲求」「生き延びようと思う強い意志」「排除したいと欲する衝動」が人々の内に発芽しやすくなることがわかります。それはパンデミックの副作用のようなものなのでしょう。

ウイルスの感染症状は何かと聞けば、「味覚がわからなくなります」「発熱や咳などの症状が続きます」などが思い浮かびますが、「誰かを排除したくなる精神性を生み出します」「戦争につながるほどのアグレッシブな気持ちに変わります」という文言も、身近に起こり得る症状として、この際カルテに書き加えておいたほうがいいように思われます。

ミネアポリスの事件ではデモが暴動にエスカレートした際に、被害者の弟さんが事件現場でこんな内容のスピーチを行いました。

「皆さんの怒りは理解できるが、私の怒りに比べればその半分だろう。その私が破壊行為を行っていないのに、皆さんは何をしているのか。自分たちのコミュニティを壊すことを、亡くなった兄は喜ばない」

暴動を煽（あお）ってもおかしくないぐらいの、最悪の不条理を経験していながら、踏みとどまって「それは違う」という視点をもつ弟さんの言葉には、人々の興奮を鎮めさせる説得力がありました。

もしかすると、この先もパンデミックの副作用として、人々がストレスを爆発させてしまう出来事が起こるかもしれませんし、個人レベルでも身近な人にイライラをぶつけたくなることもあるかもしれません。そんなときにこそ、とにかくいったんたちどまり、深呼吸をして、湧き立つ感情から自分を一度引き剝がすべきだと思います。

不安とどう向き合うか

差別や暴動とまではいかなくても、「不安」というものは私たちの言動を狂わせがちです。

もちろん個人差はあると思いますが、どうも日本人はこの不安をもたらす脳内神経伝達物質を、溜め込みやすい民族らしい。

またイタリア人を例に考えてみます。彼らは不安を感じると、早いうちにすべてを出しきろうとする傾向があります。不安を抱え込み続けることはしません。その表れの一つが、パンデミック当初に始まったＰＣＲの一斉検査でした。

１人目とされる感染者が公表されてから、ほんの数日後の2月24日の時点で、国内における検査実施件数はおよそ４３００件にまで達していました。それから３日後には約１万７０００件までになり、陽性率も30％に至りました。検査を受けた３人に１人が感染者だったということになるわけですが、８月８日の時点で、国内で実施された検査数は合計で１３５万８０００件にまで上っています。これがイタリアの取った手段です。

これも先述しましたが、検査件数、感染者数、陽性率、重症者数、退院者数などが一目でわかる統計サイトが保健機関や各新聞社によって随時更新され、人々はニュースなどでの報告以上にその内容を確認し、自分たちなりにやるべきこと、取るべき行動を判断していました。その透明性が極めて高く、詳細な統計が取られていたのもまた、不安を抱え込めないイタリア人の性質をよく表すものだと感じました。

生きていくうえで、不安は非常に厄介なものです。だからこそイタリア人は、「不安は根こそぎ摘み取って、解決していかなきゃならない」と考え、即行動に移します。ちなみに、夫婦喧嘩が日本と比べて長引かないのもイタリア人の特徴です。

内側に不安を抱えていると負の発酵が起こり、やがて鬱病やノイローゼといったメンタル面での病気をもたらします。イタリア人たちは「不安が病気になる構造」を把握しているからこそ、言語化してアウトプットし、切り抜けていくのでしょう。

反対に、言語化や言葉を通してのコミュニケーションに弱い日本人は、溜め込んでしまった不安への対処があまり得意ではないのかもしれません。気持ちをなかなか表に出せず、いつまでも内側でうじうじ考えたり、他者への陰湿ないじめに転化したりする。そんな環境下では、新型コロナに感染した気配があっても、まわりにそれを言えば騒ぎになったり、差別をされるから、と黙っている人も出るでしょうし、それでかえって感染が広がってしまう可能性も生じる。そう考えれば、不安こそ人類にとって普遍的なウイルスだと言っていいのかもしれません。

日本人は不安が溜まっても、言語化が不得意だし、空気は読まなきゃならないしで、ストレスが一向に排除されない。お酒の力を借りることで、世間体の戒律から逃れ、会社や上司や家族への愚痴も許されますが、そうでもしなければ不安というウイルスに心身を蝕まれてしまうことでしょう。

ちなみに普段あけすけにストレスを言語化できているように見える私も、たとえば、イタリア家族との確執や軋轢はすべて日記に記録し、最終的にはそれをベースにギャグ漫画に転換し、ストレスを解消してきました。不安や不満が発生したとき、何かの形でとりあえずアウトプットすることは、人間の本能に適う、不安の治療法であることには違いありません。

コロナ時代の海外旅行

イタリアに住む夫とは電話のたびに「いったいいつになったら自由に旅行ができるようになるんだろうか」という話になります。新型コロナが感染拡大をする前は、オーバーツーリズムや観光公害という現象が騒がれるほど、海外旅行が身近なものになっていましたが、パンデミック下では、ほぼ完全に旅をする人の流れが止まってしまいました。

航空会社も購入予定だった大型航空機の発注を止めたり、新卒者の採用を控えたり、リストラをしているところもあります。便数は削減されていくでしょうし、今後の海外渡航がどのように変化していくのかとても気になります。もしかすると渡航費用が高騰し、バブル以前のように、ある程度の経済力をもった人でなければ海外へは行けなくなるのではないか、などと、あれこれ憶測せずにいられません。

手軽な旅が期待できなくなってしまうと、観光産業依存型の国や都市はつらい未来を覚悟しなくてはならないかもしれません。廃れてしまった元観光地という場所は日本でもあちこちにありますが、あの忘却されたような退廃さが、今は世界中の観光地を脅かしているのかと思うと冷や汗が出てきます。

現代は、家にいながらにして海外の情報に触れられる時代です。映像を通して旅気分を味わえるテレビ番組も豊富にあります。もしかするとパンデミック中にその傾向が極まり、現地に自分の足を運ばずとも映像のみで満足する人が増える可能性もありそうです。

「海外旅行は行ったら行ったで疲れるから、テレビでいいわ」という年配者が知り合いにいます。それはそうでしょう。重い荷物を運ばなくていいし、コミュニケーションや食べ物に困らないし、飛行機での長時間移動はないし。何せ旅費を節約できる。

しかし擬似体験を生じさせるような旅行番組には、落とし穴があります。ほとんどの紀行番組では、綺麗なところ、いいところしか紹介されません。番組とは違い、街角で見知らぬ旅人に「うちからの景色が綺麗だからぜひ見ていかないか」と自宅へ誘うおじさんなんて滅多にいません。

一時「成田離婚」が話題になりました。日本ではどんなにデキる夫でも、海外ではまったく頼りにならず、幻滅した妻が帰国とともに離婚を申し出る、といった現象です。女性による男性への妄想や思い込みも罪ですが、それもまた、日本の男性たちが外国に対してハードルの高さを覚える誘因になったのかもしれません。だからこそ、昨今の紀行番組は「格好悪いうえに使えない自分を晒したくないから、海外には行かない」というニーズにもしっかり応えている気がします。

海外旅行に限りませんが、何かのきっかけで普段隠れていたものがスルッと暴かれてしまう。まるで今回のパンデミックと同じ現象ですが、だからといって格好悪い自分、失敗した自分を経験することを避けたままだと、人間の精神はどんどん脆弱化していくことになるでしょう。実は自分という存在は、考えているよりもずっとかっこ悪く、恥ずかしい生き物なのかもしれません。それでも本来は、そんな自分と向き合い、うまく付き合っていくべきなのです。

留学生活開始当時、彼女にふられた傷心の姿を鏡に映しながらワインを飲んでいるナポリ出身の青年の姿を目撃したことがありました。格好悪くても、傷ついてダメダメになっても、自分で自分に酔って慰められるなんて人間として最強だな、とそのとき深く感銘しました。

やろうと思ってできることではないと思いますが、時々は自分に対して親切であるのも大切なことだなあ、と感じました。

私は石橋をあまり叩かずに前へ突き進んでしまう性格なので、今までに何度も事故やトラブルを経験してきました。もちろん私もトラブルは避けて通りたいですし、平穏に生きてみたいのですが、自分の本質が、どうもそういうふうにできていない。「自分の本質と理想は違う」ということがわかったら、あとは折り合いをつけてうまく付き合っていくだけです。

「デジタル脳」の頼りなさ

経験値を増やすことは人を強くするだけでなく、生きていくうえでより幅広い出来事に対応できる「応用力」を磨きます。「経験」はその大事なツールとなります。

しかしこれだけ情報化が進んだ現代では、リアルに経験を積まなくても頭のなかに膨大な「情報」を入れることはたやすいし、今はそれだけで物知りになったという感覚になっている若者も増えているようです。言わば「デジタル脳」な人たちですね。彼らは自分のなかにデジタルで構築された言語をもち、理詰めで話すことに長けている。しかし、経験を積んだ人とは決定的に違う、頼りなさを私は感じています。

イタリアという、情報化への猜疑心が旺盛な国で若い頃から過ごしてきたせいもあるでしょう。自分のまわりにいた人たちが、アメリカ暮らしの長かった祖父、戦争で痛い目に遭ったあとに縁もゆかりもない土地で自分の生き場所を開拓した母、フィレンツェで出会った老作家や紛争地域からの亡命作家、南米で布教活動を行ってきた神父など、しゃべろうが黙っていようが、そこにいるだけで人としての質感の厚みが半端ない人ばかりだったからかもしれません。

メディアから得る情報は、自分が知りたい〝いいところ〟だけ抽出できます。対して経験から得られる情報は、時に苦労や失敗や屈辱感といった、苦悩がもたらすものも含まれます。だからこそ、発する言葉や行動にも、独特な彩(いろどり)や深みが生まれるのです。波風の立つ大海原で苦労を伴いながら、自分で釣った魚で取った出汁(だし)と、インスタントスープの違いとでも言うべきでしょうか。昨今のインスタントがどんなにハイクオリティであっても、口に入れたときの味覚への染み込み方はやっぱり違う。

こんなことを書けば、多くの方から「いいんだよ、別にインスタントだって、美味しけりゃ」と言い返されるでしょう。そもそも出汁にこだわるような若者が少なくなっていますし、私自身、濃い人とずっと一緒にいたら、インスタントを欲するようになります。

以前とある大学で講演会をした際、質疑応答で「恋愛をしたことがありません、どうすればできますか」という質問をされ、答えに窮したことがありました。そうかと思えば、「恋人は面倒だからいらない」、「まして、結婚なんてしたくない」と考える若者もいる。情報化社会が、あらゆる人間の生々しい感情、アナログな機能を麻痺させているのかもしれません。

テクノロジーの進化に飲み込まれることは、時代の流れとして抗えないものだと思いますし、私も漫画や絵を、パソコンやタブレットを使って描いています。しかしこうした傾向も、数々の文明がそうであったように、どこかでまた限界点を迎えることになるのではないか。

テクノロジーはこれからも進化していくでしょう。ですが、むしろ古代ギリシャやローマで突出した哲学や学問が生み出されていたことを思うと、人間という生き物は、時間の経過とともに賢くなる生き物というわけではない、ということが見えてきます。

お金と想像力

経験から実感していることですが、お金ほど頼りなく、当てにならないものはありません。

私の場合、若いときのトラウマが要因となり、お金に全身全霊で寄りかかることの怖さを常に抱き続けながら生きています。

たとえば1929年の世界恐慌は、第一次世界大戦とスペイン風邪のパンデミックのあとに起こりましたが、似た事態はいつだって起こり得るのです。銀行にいくら貯蓄があっても一切意味をなさない状況になる可能性だってある。私の母は裕福な家に生まれましたが、戦争によって家は軍隊に奪われ、財産もすべて失い、戦後の怒濤をかき分けて生き抜いた人です。そんな母に育てられたために、私にも「お金があれば人生安泰」という考えがさっぱり根付いていません。

フィレンツェ時代の私は、時に駅で寝泊まりするほどの形容し難いド貧乏でしたが、ひもじさはなぜかありませんでした。本を読んだり、1000リラ（当時のレートで70円くらい）で学生用の映画館に入ったり、ガレリア・ウプパに行っては、貧乏知識人たちと朝まで文学話を交わしたりすることが、何にも勝る栄養でした。お腹が減れば、そこにいる作家たちと茹でたパスタに塩胡椒とオリーブオイルをかけて食べるだけ。それだけで、もう十分に満足でした。

ウプパに集う、似非（えせ）でも虚栄でもない真の知識人たちは、皆ずっと年上でしたが、私に負けずおとらず、ド貧乏で、それでも面白い作品を生み出していたわけです。人間としての生き方は、貧乏だろうとお金があろうと、そういう次元で良し悪しが決まるものではないということ、そして表現をする人間にとって、何より不条理と飢餓と想像力がいちばんの肥しになるということを、私は若いときに学ぶことができました。

もし、コロナ後に一文なしになったらどうするか、という話を夫とすることがあります。とりあえず私は前々から興味があった養蜂を本格的に学んで、昆虫と共生していきたいと伝えました。夫は、実家の畑で自給自足をしつつ、今までと変わりなく義父母の面倒を見つつ、本を読んだり、執筆したりして過ごすと言っています。このようなシミュレーションは、安泰な暮らしのなかでも時々しておいたほうがいいかもしれません。

思いがけずシングルマザーとして一人きりで出産をすることになったとき、私はずっと頭のなかで、アフリカのサバンナやアマゾンの奥地でも頑張って出産している女性たちのことを考えながら、心細さを払拭しました。女性は世界のどんな場所だろうと、どんな境遇だろうと子どもを産んできた。そんな妄想が、あのときの不安を軽減してくれたことは間違いありません。

パンデミックという自由が拘束される状態のなか、鬱病を発症する人も少なくないと聞きます。そんな人たちに「面白いことや楽しいことを想像してください」などと言えた筋合いもありませんが、されど想像力というものを侮ってはいけません。目の前は壁でも後ろを見れば、どこへでも行ける広い空間が広がっている場合もある。そしてそれを教えてくれるのはほかでもない、自らの想像力そのものなのです。

「もう一人の自分」とオーケストラ

先ほど、ストレスを溜め込んで爆発しそうになったら、情動から自分を引き剝がせばいいという話をしました。内なる自分と外側の自分を分離させるのは、苦境を乗り切る一つのテクニックです。つまり、自らを観察するもう一人の自分の感覚をもつ。そうすると、自らの言動を客観的に、冷静に見ることができる。そして生まれた冷静な自分は、意外と頼り甲斐があったりするのです。

人間は群棲の生き物ではあるけれど、椋鳥（むくどり）やイワシの群れのように生きているわけではありません。阻害されないように、村八分にされないように、と群れから完全に分離されることを恐れつつも、私たちは皆個人であり、考え方も生き方もバラバラです。

オーケストラで演奏していた母は、所属する楽団について常々「ああ、こんな狭い社会に閉じ込められているのは懲り懲りだ」と愚痴ばかり言っていました。そのくせ、いざ演奏会で、マーラーなりベルリオーズなりを演奏すると、そこから生み出される音は信じられないような協調性を見せているわけです。内部では、誰と誰が仲違いしただの、あの人とこの人が離婚した、再婚したといった、生々しい人間模様が展開されているのに、楽器を通じて一体化した途端、人の心にまで沁み込む音を紡ぎ出すことになる。

考えてみれば、それぞれがソリストとしても活躍できる腕をもった音楽家です。人によってはお金のためにオーケストラに仕方なく帰属している人もいる。でも、ほかの楽器と一緒にならないと出てこない音がある。それを踏まえて、群れになる。

個人で生きる強さをもち、自分なりの修練を経て、自分の責任を自分で処理する能力をもった人たちが、こうしたオーケストラ的な群れとして集まることは、民主主義に置き換えても理想的な形と言えるのではないでしょうか。ただ、それは個人がソリストとしても演奏会を開けるレベルになってからの話です。

果たして日本という国には、こうしたオーケストラ的な民主主義社会がうまく馴染むことができるのか。それとも、弥生時代の卑弥呼のようなシャーマンを群れの頂に置く社会が向いているのか。

いつまでも個人としての自由や判断を抑えて、群れに身を委ねたまま生活していれば、たちまちそこにいる全員が感染し、死をもたらすことにもなりかねない新型コロナウイルスの蔓延。それは、自分たち人間の習性や性質、世界のあり方、そして未来へのビジョンなど、今までなら深く考えもしなかったような、強く生き抜いていくためのあらゆることを我々に問いかけている気がしています。

おわりに

図らずも私たちは今、新型コロナウイルスのパンデミックによって様々なことを突きつけられています。世界を見渡せば、アメリカや中国といった大国はパワーゲームさながらの衝突を起こしていて、発展途上国と呼ばれる国々では貧しい人々から命を失くしているという現実があります。

日本に暮らす私たちにもそうしたことは他人事ではない。自分を守る防御策を取りながら、緊張感をもって世界を見ていなければいけない時期は、しばらく続くでしょう。

フランスの経済学者で思想家のジャック・アタリは、利他性を重視しないかぎり、世界が一体化してこの問題を乗り越えられないということを指摘しています。利他主義とは「他者を助けることが自分の利益にもなる」という利己主義と背中合わせのものですが、その単純な構図を見失いがちなのが、パンデミックのような時代なのだと思います。

しかし、疫病に命を脅かされるという事態は、人類にとって、今回が初めて起こったことではないわけです。14世紀のペストや20世紀のスペイン風邪など、人類はこれまでにも疫病を経験してきたことは、本書で繰り返しお伝えした通りです。ルネサンスを興せるか、ナチズムやファシズムの台頭を許すか。私たちは歴史の教訓に謙虚になり、今こそそこにしっかりと向き合うことを求められているのです。

とは言え、どんなに気負っても、最終的にはなるようにしかならない。人類がウイルスを媒介する動物とこの地球で生きているかぎり、感染症はこれからも何度でも発生し続けます。もとより私たち人類は、この地球から選ばれた、特別な生き物というわけでも何でもありません。しかし人々は、人類のみが延命に値する生き物だと思い込んでいる。知恵の発達が生き物の優劣の基準であるという根拠はどこにあるのでしょう。ウイルスに勝った、負けた、などという表現には、地球に対しての人間の横柄さが込められているようで、私にはどうも納得がいきません。

私たちが今ここでたちどまった意味とは、パンデミックという状況下でヒトという社会性をもった生き物がそもそも何なのか、危機が自分たちの社会に迫ったとき、どのような反応をする生き物なのか、今までと違う角度から見直すことにあるのではないでしょうか。

人間はその育成段階に「経験」がプログラミングされている生き物だと思います。地球にしっかりと根を張り、幹の太い健やかな樹木として長生きするには、太陽の光に当たり、風雨に晒され、時には嵐に揉まれて生きていく。虫にたかられ、鳥に木の実を啄(ついば)まれてもすくすくと枝を伸ばし、次々と葉を茂らせられる樹木になるには、やはり温室育ちでは限界があります。

立派な樹木にならなくとも、毅然と大気圏のなかで、日々人間として備わっている機能を怠らないように生きていればいい。ほかの生物も植物も、皆そうやって生きているではないですか。それどころか、人類こそ地球にとって温暖化や環境破壊といったダメージをもたらす、ウイルスみたいな性質も帯びている。危険生物を取りまとめた図鑑が我が家にありますが、そこに「人類」が掲載されていないのがおかしいくらいです。そんなふうに考えると、パンデミックの悲劇性は薄らぎますし、自ずとこの緊急事態に対しても冷静な気持ちで向き合うことができるのではないでしょうか。

社会という群れのなかでなければ生きられず、知恵の発達した生き物としての傲りで膨れ上がってきた人類。パンデミックは、そんな我々にいったんたちどまって学習する機会を与えてくれたのだと、私は捉えています。

構成／八幡谷真弓

ラクレとは…la clef=フランス語で「鍵」の意味です。
情報が氾濫するいま、時代を読み解き指針を示す
「知識の鍵」を提供します。

中公新書ラクレ
699

たちどまって考(かんが)える

2020年 9 月10日初版
2020年10月20日 4 版

著者……ヤマザキマリ

発行者……松田陽三
発行所……中央公論新社
〒100-8152 東京都千代田区大手町 1-7-1
電話……販売 03-5299-1730　編集 03-5299-1870
URL http://www.chuko.co.jp/

本文印刷……三晃印刷
カバー印刷……大熊整美堂
製本……小泉製本

Published by CHUOKORON-SHINSHA, INC.
Printed in Japan　ISBN978-4-12-150699-3　C1295

中公新書ラクレ　好評既刊

L679
新装版 学術的に「正しい」若い体のつくり方
――なぜあの人だけが老けないのか？

谷本道哉 著

同級生なのに老けないあの人には理由があった！　国民総肥満、定年延長が叫ばれる昨今、スリムで70歳まで働けるカラダづくりはもはや必須科目。そこで今すぐ始められる筋トレと食事術を、あの人気TV番組出演の谷本先生が徹底解説。学術的に「正しい」若返り法を伝授します。階段は使わないと大損？　今日の10分筋トレがあなたの人生を決める？　メタボ、ロコモ対策もこれ一冊でOK。筋肉こそ、生涯の友である！

L682
駅名学入門

今尾恵介 著

「高輪ゲートウェイ」開業で一躍注目を集めた駅名。日本の駅名とは、そもそもどういうものか。その歴史的変遷から浮かび上がってくる、思想、そして社会的・経済的・文化的背景とは。さらに、「高輪ゲートウェイ」のようなキラキラ駅名はいかなる文脈から発想されるのか。駅の命名メカニズムを通して、社会構造の変化や地名との関係、さらに公共財としての意義や今後のあり方を展望する。多くの発見と知的刺激に満ちた本。

L685
「第三者委員会」の欺瞞
――報告書が示す不祥事の呆れた後始末

八田進二 著

不祥事を起こした企業や行政組織が、外部の専門家に委嘱して設置し、問題の全容解明、責任の所在の明確化を図るはずの「第三者委員会」。だが、真相究明どころか、実際は関係者が身の潔白を「証明」する〝禊のツール〟になっていることも少なくない。調査中は世間の追及から逃れる〝隠れ蓑〟になり、ほとぼりも冷めかけた頃に、たいして問題はなかった――と太鼓判を押すような報告書もあるのだ。第三者委員会を徹底分析する。